내일의 소년
어제의 소녀

내일의 소년
어제의 소녀

범유진 장편소설

|주|자음과모음

차
례

소년과 소녀, 만나다 · 7

남자다운 남자 · 12

소원을 이뤄 주는 나무 · 27

대한민국이란 나라는 없대도 · 35

금강산에 가야겠어 · 49

내가 여자니까! · 66

내가 만나러 갈게 · 79

어떻게든 가고 만다! · 93

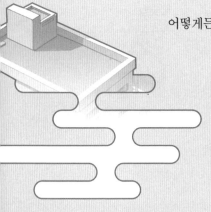

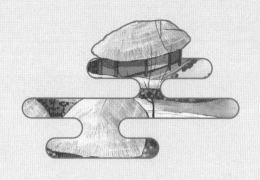

드롭 더 비트, 김삿갓과의 만남 · 107

나는 네가 충분히 강하다고 생각해 · 123

이무기가 잠든 호수 · 137

빛나는 달의 문을 열다 · 149

우리, 우리답게 살자 · 160

내가 미래의 너를 찾아냈어 · 172

작가의 말 · 187

소년과 소녀, 만나다

여기가 어디지?

태웅은 벌벌 떨리는 손으로 눈앞에 드리워진 나뭇가지를 꽉 움켜잡았다. 태웅이 몸을 움직이자 앉아 있던 나뭇가지가 불안정하게 흔들거렸다. 금방이라도 떨어질 것 같아서, 태웅은 두꺼운 나무줄기에 몸을 바짝 기댔다.

왈! 왈왈!

사나운 개 짖는 소리가 들렸다. 소리가 들리는 아래로 시선을 돌리자, 무성한 나뭇잎 틈으로 커다란 개 한 마리가 보였다. 시골에 사는 이모가 마당에서 기르는 진돗개, 백설이만큼이나 커다란 개였다. 백설이가 꼬리를 흔들며 달려올 때는 무섭다는 생각이 전혀 들지 않았지만, 나무 아래 개는 멀리 있음에도 무서웠다. 개가 나무를 올라오지 못해서 다행이다, 라고 생각하던 태웅은 곧 고개를 가로저었다.

'눈 감았다가 떴더니 갑자기 나무 위라고! 그게 무슨 다행이야?'

대체 어떻게 된 일인지 알 수가 없었다. 방금 전까지만 해도 환한 낮이었는데, 지금 태웅의 주변은 어둑하다. 그리고 분명 나무 아래 서 있었는데, 눈 깜짝할 사이에 순간이동이라도 한듯 나무 위에 앉아 있었다.

'나 지금 꿈꾸는 건가? 이게 꿈이 아니면…… 엄마가 날 찾고 있을 거야.'

태웅은 나무줄기를 양팔로 끌어안고 나뭇가지 위에 서 보려 했다. 나무 아래는 까마득히 멀어 보였고, 개 짖는 소리 때문에 다리가 더 후들거렸다. 그래도 일어나야만 했다. 혼자 힘으로 나무를 내려갈 수 없다면, 어떻게든 주변에 도움을 청해야 했다. 태웅은 무릎을 반쯤 굽힌 채 엉거주춤한 자세로 간신히 나뭇가지 위에 섰다.

태웅이 위쪽 시야를 가리던 나뭇가지 틈으로 고개를 내밀었을 때였다.

"……너 뭐야?"

여자아이가 있었다. 태웅이 올라가 있는 나무 바로 옆에 담장이 있었다. 여자아이는 그 담장을 넘으려는 듯 한쪽 발로는 담장 돌 틈새를 밟고, 양팔로는 담장 위의 기와를 붙잡고 있었다. 담장

에 딱 달라붙은 것이 꼭 스파이더맨 같은 자세였다. 여자아이는
그 자세 그대로 고개만 돌려 태웅을 노려보았다. 태웅이 뭐라 대
답해야 좋을지 알 수 없어 머뭇거리자, 여자아이가 재차 물었다.

"너 도둑이야?"

"아니야!"

태웅은 황급히 손을 내저었다. 그 바람에 몸이 휘청거려 중심
을 잃을 뻔했다. 태웅은 으악, 소리를 지르며 다시 나무줄기를 껴
안았다.

왈! 왈! 왈!

나무 아래에서 다시 개 짖는 소리가 요란하게 울려 퍼졌다.

"김 참판 댁 개 짖는 소리가 심상치 않은데? 혹시 저 집으로 도
망간 거 아닐까?"

"아무리 종놈이라도 도망을 친 주제에 딱 봐도 양반집인 곳으
로 뛰어 들어갈 만큼 머리가 나쁘겠어?"

"청에서 온 놈 심증을 어찌 알아."

"어쨌든 확실하지도 않은데 이 한밤중에 양반집 대문을 두드릴
순 없잖아. 다른 곳을 좀 더 찾아보세."

담장 너머로 남자 서너 명의 말소리가 두런두런 들려왔다. 누
군가를 찾는 듯한 남자들의 말에 태웅의 다리가 더 후들거렸다.
혹시라도 여자아이가 여기 수상한 사람이 있다고 소리라도 지른
다면, 저들이 태웅을 잡으러 올지도 모른다. 남의 집 나무에 뚝 떨

어진 낯선 사람. 태웅이 생각해도 의심스러웠다.

"진돌이, 조용히 해!"

여자아이가 담장 아래를 보며 호통을 쳤다. 그러자 개 짖는 소리가 단번에 잦아들었다. 아무래도 여자아이가 개 주인인 모양이었다. 여자아이의 몸이 담장 아래로 쑥 사라졌다. 잠시 후, 나무 아래에서 여자아이의 목소리가 들려왔다.

"애, 내 목소리 들리지? 거기 나무줄기를 잘 살펴보면 발을 디딜 수 있는 틈이 있어. 그 부분 밟고 중간까지만 내려와. 내가 돌을 쌓아 놨으니, 거기부턴 그거 밟고 내려오면 돼."

"나, 나무 타 본 적이 한 번도 없어."

"그럼 어떻게 올라갔는데? 하나도 안 무서워. 빨리 내가 시킨 대로 해. 누가 오기라도 하면 너, 꼼짝없이 관아로 잡혀간다."

관아? 잡혀간다고? 태웅은 마른침을 삼켰다. 여자아이가 태웅을 겁주려고 괜히 그런 말을 할 이유가 없었다. 태웅은 양팔로 다시 한번 나무줄기를 꽉 껴안고, 여자아이가 말한 틈을 찾으려 발을 뻗어 보았다. 움푹 팬 틈새가 발끝에 걸렸다. 의외로 깊은 틈새가 내딛은 발을 안정적으로 받쳐 주었다. 한 발, 또 한 발. 태웅은 조심스럽게 나무 아래로 향했다. 중간부터는 여자아이가 말한 대로 쌓아 올려진 돌을 계단 삼아 더 쉽게 내려올 수 있었다. 마침내 땅에 내려섰을 때의 기쁨이란! 태웅은 저도 모르게 환호성을 지를 뻔했다. 커다란 개가 의심스럽다는 듯 코를 킁킁거리며 태웅의 곁으로 다가왔고, 태웅은 목소리를 삼키며 몸을 움츠렸다.

"잘했어. 이쪽이야. 따라와."

여자아이가 태웅에게 손짓을 해 보이며 앞장서서 걸었다. 태웅은 여자아이의 뒤를 따라갔다. 기와를 얹은 담장과 역시나 기와를 얹은, 민속촌에서나 보았던 집들. 그 어디에도 태웅이 서 있던 무성한 숲은 없었다.

'대체 왜 이런 일이 일어난 거지? 분명히 나는⋯⋯.'

나무 위에서 눈을 뜨기 전에 무엇을 하고 있었던가. 머리 안쪽이 먹먹했다. 어릴 적, 수영장에 빠져 정신을 잃은 적이 있다. 태웅은 그때, 막 깨어났을 때의 감각을 지금도 선명하게 기억하고 있다. 귀에서 머리 안쪽까지 진공상태가 되는 것 같은 감각. 한순간 눈앞에 있는 사람이 누구인지도 알 수 없었고, 방금 전까지 무엇을 했는지도 잘 기억 나지 않았다. 꼭 그런 먹먹함이었다. 기억이 수면 아래로 가라앉으면 이 이상한 일이 계속될 것만 같은 두려움이 몰려와 태웅은 필사적으로 기억을 되살렸다.

처음 떠오른 것은 엄마의 목소리였다.

남자다운 남자

"태웅아, 토요일에 엄마 취재 가는데 같이 가자."

엄마가 그렇게 말한 건 금요일 저녁 식사 때였다.

"원주라는 곳에 갈 거야. 거기에 성황림이라고, 소원을 들어준다는 나무가 있거든. 신기하지? 마을의 수호신을 모시던 서낭당이 근처에 있어서 그 주변 숲에도 신이 깃들었다고 보는 거야. 서울에서 보기 힘든 나무도 엄청 많아. 피나무, 가래나무, 박쥐나무…… 또 뭐가 있더라?"

태웅은 엄마의 눈 아래 진하게 내려앉은 다크서클을 봤다. 태웅의 엄마는 역사학자다. 평일에는 대학에서 강의를 하고, 주말에는 전국을 돌아다니며 유적지를 취재한다. 그래서 평일에, 특히 금요일에 태웅과 엄마가 함께 저녁을 먹는 것은 흔한 일이 아니다. 보통 태웅은 할머니의 뜨개 공방인 '금강달'에 가서 저녁을 먹는다.

이전에는 늘 아빠가 태웅의 저녁 식사를 챙겨 주었다. 태웅은 아빠가 만들어 주는 김치찌개를 정말 좋아했다. 하지만 이제 그 김치찌개는 추억의 음식이 되어 버렸다. 아빠는 태웅이 초등학교 3학년 때 세상을 떠났다.

'엄마는 날 신경 쓰느라 무리하고 있는 거야.'

목으로 넘어가는 밥알이 꼭 돌멩이처럼 느껴졌다.

"……갈게요. 소원이 이루어진다니깐."

그러면서 태웅은 고개를 끄덕거렸다. 엄마의 얼굴에 환한 미소가 피어났다. 태웅도 웃었다. 하지만 밥알은 여전히 모래알처럼 꺼끌꺼끌, 아무 맛도 나지 않았다. 결국 태웅은 속이 안 좋다는 핑계를 대고 숟가락을 내려놓았다. 식탁을 떠나 방으로 들어가는 내내 엄마의 시선이 등에 따라붙은 듯 느껴졌다.

'엄마를 지키겠다고 아빠랑 약속했는데, 걱정만 시키고 있어.'

태웅은 침대에 몸을 던지듯 풀썩 누웠다. 한참을 누워 있다 침대 옆 서랍장으로 고개를 돌려, 서랍장 위에 놓인 액자를 바라보았다. 액자에는 아빠와 엄마 그리고 태웅이 함께 찍은 사진이 들어 있다. 아빠가 사고로 세상을 떠나기 전에 놀러갔던 놀이공원에서 찍은 사진이다. 태웅은 손을 뻗어 액자를 집어 들었다. 사진 속의 아빠는 태웅을 목말 태운 채 활짝 웃고 있다.

태웅의 아빠는 경찰이었다. 멋진 제복을 입고 집을 나서는 아빠를 볼 때마다, 태웅은 아빠처럼 힘세고 멋있는 사람이 되고 싶다고 생각했다.

아빠는 마지막까지 웃었다. 핏기 없는 깡마른 손으로 태웅의 손을 잡고 "강한 사람이 되어야 해. 엄마를 지켜 줘. 남자 대 남자의 약속이야"라고 말하면서 웃던 아빠의 얼굴을 태웅은 똑똑히 기억한다. 아빠는 음주운전 차량을 검문하다가 교통사고를 당했다. 두 번이나 큰 수술을 받았지만, 세 번째 수술을 앞두고 상태가 악화되어 세상을 떠났다.

엄마는 태웅에게 검은 옷을 입으라고 말했고, 할머니는 태웅을 끌어안고 울었다. 장례식은 길고도 짧았다. 사흘간의 장례식 기간 내내, 태웅은 아빠의 말을 곱씹으며 울지 않고 버텼다. 강한 사람이 되어야 한다고. 엄마를 지켜야 한다고.

'강해져야 해. 아빠처럼 남자답고, 힘센 사람이 되어야 해.'

그날부터 태웅은 태권도 학원을 더 열심히 다녔다. 키가 크려고 우유도 많이 마시고, 싫어하던 멸치와 시금치도 먹었다. 하지만 아무리 노력해도 태웅의 키는 좀처럼 자라지 않았다. 초등학교 3학년 겨울부터 중학교에 입학하기 전 봄까지 삼 년간 고작 3센티미터가 컸을 뿐이다. 주변 친구들이 머리 하나쯤 더 커지는 것을 보고 있노라면 속이 상했다.

태웅은 한참 동안 사진을 바라보다가, 습관처럼 서랍장을 열어 안에서 뜨다 만 무선 이어폰 케이스를 꺼내 들었다. 부스스 몸을 일으켜 앉은 태웅은 실뭉치와 연결된 뜨개바늘을 한 손에 들고 뜨개질을 하려다가 멈칫했다. 그러고는 신경질적으로 뜨개바늘을 벽을 향해 집어 던졌다. 뜨고 있던 케이스도 던지려 했지만, 도저히 그럴 수 없었다. 인기 있는 고양이 캐릭터를 본떠 뜬 케이스는 이하은에게 생일 선물로 주려고 도안부터 태웅이 직접 그려 공을 들여 뜨던 것이다. 태웅은 케이스를 만지작거렸다. 어딘가 코가 잘못 엮인 듯, 웃고 있어야 할 고양이의 입이 우는 것처럼 일그러져 보였다.

'어디서부터 잘못된 걸까?'

태웅은 고양이의 입가 쪽 실을 쭉 늘려 보았다. 잠시 웃는 것처럼 변했던 고양이의 입은 태웅이 손을 떼자마자 다시 우는 얼굴로 돌아갔다.

＊

세 달 전, 태웅은 중학생이 되었다. 그사이에 분명 키가 클 것이라고 우겨서 한 사이즈 큰 교복을 샀지만, 입학식 날까지 교복은 헐렁한 채였다.

'중학교에서는 반드시 남자다운 남자가 되려고 했는데, 망했어.'

태웅은 한숨을 쉬며 교복을 입었다. 새 학기의 첫날은 늘 긴장되는 법이다. 하물며 초등학생에서 중학생이 되는 첫날은 두말할 필요도 없다. 태웅은 떨리는 가슴을 애써 진정시키며 교실 안으로 들어갔다.

"야, 이 자식 분홍색 폰 케이스 쓰는 것 좀 봐. 남자답지 못하게 이게 뭐냐? 난 이런 놈들이 제일 재수 없더라."

킬킬거리는 웃음소리가 태웅의 귀에 날아와 박혔다. 교실의 공기는 팽팽하게 긴장되어 있었다. 대여섯 명의 아이들이 한곳에 둘러앉아 있었고, 다른 아이들은 그 애들의 눈치를 살피고 있었다. 태웅이 교실에 들어서자, 무리 중 한 명이 태웅을 바라보았다.

"뭐냐, 저 꼬맹이는? 완전 멸치네. 남자 새끼가 뭐 저렇게 비쩍 말랐어?"

태웅은 자리를 찾아 앉으며 앞으로의 중학교 생활이 결코 순탄하지 않을 것임을 직감했다.

그 예감은 틀리지 않았다. 며칠 지나지 않아 태웅의 반에는 먹이 피라미드처럼 명확한, 그러나 보이지 않는 층이 만들어졌다. 그 피라미드를 만들고 꼭대기에 앉은 아이는 바로 최민석이었다.

최민석은 싸움을 잘했다. 소문으로는 고등학생들하고 싸워서도 이겼다고 했다. 성적도 좋은 편이었고, 선생님 앞에서는 반의 분위기 메이커인 듯 굴어서 평판도 좋았다. 선생님들 중 누구도 최민석이 두 얼굴을 가졌다는 걸 몰랐다.

"뭐 해, 안 찍어? 이런 거에 겁을 먹냐? 남자답지 못하게."

최민석의 말버릇은 '남자답지 못하게'였다. 최민석의 기준에서

16

'남자답지 못한' 행동은 남자가 단 걸 좋아하는 것, 분홍색 물건을 가지고 다니는 것, 귀여운 인형을 가방에 달고 다니는 것, 로션이나 선크림을 가지고 다니는 것, 색색의 펜으로 필기를 하는 것, 말할 때 욕을 섞어 쓰지 않는 것 등이었다. 최민석은 이런 행동을 하는 남자애들을 괴롭혔다.

"단 걸 좋아하는 게 왜 남자답지 못한 건데?"

한번은 괴롭힘의 대상이 된 아이가 항의를 했다.

"텔레비전에서 하는 말 못 들었어? 케이크나 단 거 좋아하면 여자 입맛, 국밥 같은 거 좋아하면 아저씨 입맛이라고 하잖아. 그러니까 단 걸 좋아하는 게 여자 입맛이라는 건, 남자답지 못하다는 뜻인 거지. 그것도 모르냐?"

최민석은 거들먹거리며 답했다. 그러고는 그 아이에게 앞에 앉은 여자애의 등 뒤에 주먹질하는 제스처를 취하라고 시켰다. 그게 최민석이 애들을 괴롭히는 방식이었다. 최민석은 자신이 '남자답지 못하'고 낙인찍은 애들에게 챌린지를 시켰다. 반 여자애들을 상대로 이상한 행동을 하게 한 뒤에, 그걸 휴대폰으로 찍어서 동영상 사이트에 올리는 거였다. 때로는 여자애들 몰카를 찍어 오라고 시키기도 했다. 그리고 그것으로 괴롭힘을 당한 아이를 협박했다.

"지금은 얼굴 가리고 올렸지만, 원본 나한테 있는 거 알지? 선생님한테 이르기만 해 봐. 네 얼굴 나오게 올릴 거야. 그럼 너 몰카범으로 경찰에 잡혀갈걸?"

괴롭힘 당하는 아이도, 챌린지 대상이 된 아이도 최민석의 교묘한 덫에 걸려 괴로워했다. 최민석과 함께 다니는 무리를 제외한 반 애들 대부분이 최민석의 그런 행동을 질색했지만, 혹시 그 덫이 자신에게 향할까 무서워서 최민석에게 맞서지는 못했다.

"최민석! 너 또 여자애들 사진 몰래 찍었지!"

딱 한 명, 이하은만 빼고 말이다. 하은은 최민석이 남자애들에게 챌린지를 시킬 때마다 화를 냈다. 최민석은 그런 하은을 못마땅하게 여겼지만, 하은이 교사들의 신뢰를 한 몸에 받고 있는 걸 알기에 함부로 건드리지는 못했다.

"내가 한 거 아니야."

"네가 시킨 거잖아!"

"시킨다고 다 하냐? 쟤들도 재미있으니까 하는 거지."

"너희, 진짜 이런 짓을 하고 싶어?"

하은이 반의 남자애들을 둘러보았다. 아이들은 고개를 숙이고 하은의 시선을 피했다. 최민석, 그리고 최민석과 어울리는 애들 몇몇만이 키득거리며 웃을 뿐이었다.

"이런 게 남자다운 거라고 생각해? 이건 그냥 한심한 거야."

태웅도 고개를 숙였다. 당당하게 최민석과 맞서는 하은이 반짝반짝 빛나 보였다. 그렇지만 하은의 말이 맞다고 나설 용기는 나지 않았다. 태웅은 그저 최민석이 자신을 타깃으로 삼지 않기만을 바랐다.

설마 금강달에서 최민석과 마주칠 줄은 몰랐다.

✳

뜨개질은 태웅의 비밀스러운 취미다.

처음 뜨개질을 시작한 건 초등학교 3학년 때, 아빠가 돌아가신 해 겨울이었다. 태웅은 불면증을 앓았다. 잠을 잘 자야 키가 큰다고 아무리 스스로를 다독여도 소용없었다. 하루 종일 운동을 해도, 엄청나게 지루한 책을 읽어도, 이불 속에서 양을 백 마리 넘게 세도 마찬가지였다. 머리가 무겁고 졸려도 잠들 수가 없었다.

어쩌다 잠이 들면 꿈에서 깡마른 아빠가 나와 빨리 키가 크고 강한 남자가 되라고 윽박을 질렀다. 소리를 지르는 아빠에게 쫓기다가 잠에서 깨면 등이 땀으로 흠뻑 젖어 있곤 했다. 아빠는 태웅에게 한 번도 그렇게 소리를 지른 적이 없었는데, 꿈속의 아빠는 마치 딴 사람 같았다. 태웅은 그 꿈을 꿀 때마다 아빠가 그런 모습으로 꿈에 나오는 것이 자신이 강한 남자가 되지 못해서인 것만 같아 죄책감이 들었다.

그렇게 한 달여를 잠을 제대로 자지 못하자 눈가가 퀭하게 가라앉았다. 엄마가 고민이 있느냐고 물었지만, 태웅은 꿈에 대해 말할 수 없었다. 그런 꿈을 꾸는 걸 알면 엄마가 슬퍼할 것 같았다.

어느 날, 할머니의 가게에서 저녁을 먹을 때였다.

"태웅아, 요즘 잠은 푹 자니?"

할머니의 질문에 태웅은 고개를 가로저었다. 엄마에게는 솔직해질 수 없어도, 할머니에게만은 솔직해질 수 있었다. 그러자 할머니는 저녁을 다 먹은 후, 태웅에게 뜨개바늘과 실을 건넸다.

"오늘은 할머니랑 같이 뜨개질해 보자."

"싫어요. 뜨개질은 여자애들이나 하는 거잖아요."

태웅은 손사래를 쳤다.

"뭘 모르는 소리. 16세기 유럽에는 말이야, 뜨개 길드라는 게 있었어. 엄청나게 숙련된 기술자들의 노동조합이었지. 이 뜨개 길드에 가입하는 걸 당시 남자들은 엄청난 명예로 생각했어. 아무나 들어갈 수 없었거든. 견습생으로 삼 년, 외국의 기술을 배우기 위해 여행을 떠나 또 삼 년을 보내고도 엄격한 시험을 통과해야만 했지. 이 모든 시험을 통과하고 길드에 가입한 후에야 '마스터 니터'라는 칭호를 받고 귀족들의 아이템을 만들 수 있었단다. 지금으로 치자면 일류 디자이너와 같은 일이야."

"……고작 뜨개질인데요?"

"한번 해 보렴. 그럼 고작이라는 말이 안 나올 거야."

태웅은 계속되는 할머니의 권유에 마지못해 뜨개바늘을 쥐었다. 할머니가 옆에서 코 엮는 법을 가르쳐 주었다. 할머니가 이끄는 대로 바늘을 움직이다 보니 머릿속이 깨끗하게 비워져 갔다.

강한 남자가 되어야 한다는 초조함, 왜 키가 크지 않을까 하는 자책감, 밤이 되어 잠이 들었을 때 또 꿈에 아빠가 나오면 어쩌지 하는 두려움이 둥글게 엮이는 코와 코 사이로 흘러내려 갔다.

"태웅아, 그거 아니? 뜨개질은 마음과 마음을 이어 준단다. 상대를 생각하면서 뜨개질을 하면, 그 마음이 기나긴 실에 담겨서 시간과 공간을 넘어 상대에게 이어지지."

"……그런 게 어딨어요."

"진짜야. 우리 집 사람들은 그런 힘을 가지고 있거든. 그러니 코를 엮을 때마다 실에 마음을 담아 보렴."

할머니의 말이 한겨울 빙판길처럼 시리던 태웅의 마음속으로 따뜻하게 새어 들어왔다.

그날 밤, 태웅은 침대에 앉아 뜨개질을 했다. 돌돌돌 말린 실타래에서 뻗어 나온 긴 실이 조금씩 짧아지는 것을 보고 있자니 졸음이 몰려왔다. 그날은 악몽을 꾸지 않고 푹 잤다.

다음 날부터 태웅은 금강달에서 열리는 저녁 수업에 함께하게 되었다. 수강생은 대부분 동네 아주머니들이었다. 태웅은 아주머니들 사이에 앉아 조금씩 뜨개질을 배웠다.

"역시 선생님 손자네. 빨리 배우는 것 좀 봐."

"태웅아, 너 손재주 정말 좋다."

아주머니들은 태웅에게 칭찬을 아끼지 않았다. 태웅은 정말로 손재주가 좋아서, 금세 작은 꽃장식을 만들 수 있게 되었다. 학교에서는 꼬맹이라고 놀림 받는데 가게에서는 칭찬만 들으니, 점점 금강달에 있는 게 좋아졌다. 일 년이 지났을 즈음에는 아주머니들에게 간단한 기술을 가르쳐 줄 만큼 솜씨가 늘었다. 뜨개질뿐만 아니라 자수도 배우기 시작해서, 체육복이나 실내화에 자기 이름을 수놓을 수도 있게 되었다.

"사내놈이 쪼잔하게 바느질을 하고 있냐. 남자답지 못하게. 그러다 고추 떨어진다."

어느 날, 갑자기 가게 문을 열고 상가 관리인 아저씨가 들어왔다. 상가 수도에 문제가 생겨서 가게마다 체크를 하고 있다며 가게 안쪽으로 향하던 아저씨는 태웅을 보고 불쑥 그렇게 말했다. 아주머니들이 와르륵 웃었고, 태웅의 얼굴은 시뻘겋게 달아올랐다. 쥐구멍이 있으면 숨고 싶을 정도로 창피했다.

"애한테 왜 그런 말을 해요!"

할머니가 화를 내자, 관리인 아저씨는 되레 더 화를 냈다.

"왜, 내가 뭐 틀린 말 했어요?"

"남자애든 여자애든, 좋아하는 일 하는데 뭐가 문제예요?"

"뜨개질은 여자들이나 하는 거지."

"어이구, 21세기에도 이런 말을 하는 사람이 있네."

할머니와 관리인 아저씨의 말싸움은 태웅에게 하나도 들리지 않았다. 관리인 아저씨가 했던 말만이 따끔하게 귓가에서 재생되었다.

'할머니는 그렇게 말했어도, 역시 뜨개질하는 건 남들 보기엔 남자답지 못한 거야.'

혹시 친구들이 보면 놀리지 않을까? 덜컥 겁이 났다. 뜨개질을 하는 동안 가라앉았던 '남자다움'에 대한 강박이 다시 스멀스멀 몰려왔다. 그래서 태웅은 학교에서는 절대 뜨개질을 하지 않았다. 바느질도 못하는 척했다. 쉬는 시간에 책을 읽는 것도 남자답지 못하다는 말을 듣고부터 그만두었다.

그렇게 눈치를 보며 생활하느라 학교에서 보내는 시간은 전혀 즐겁지 않았다. 그래서 들킬까 봐 가슴을 졸이면서도 금강달에 가는 것을 멈출 수 없었다. 금강달에서 뜨개질을 하는 동안에는 진짜 자신을 드러낼 수 있는 것 같아서 너무나 즐거웠다.

＊

"뭐야, 너 우리 반이잖아. 맞지? 김태웅. 이런 데서 뭐 하냐?"

최민석이 금강달에 왔을 때, 태웅은 하은에게 줄 생일 선물을 뜨고 있었다. 하은이 좋아하는 고양이 캐릭터가 있는데, 한정판으로 나온 무선 이어폰 케이스를 못 사서 슬프다고 말하는 걸 들은 터였다. 한정판은 구하지 못했지만, 대신 뜨개로 케이스를 만들어 주면 좋아하지 않을까 싶었다. 생일 선물을 주면서 말하고 싶었다. 혼자 최민석하고 맞서게 해서 미안해. 나도 네 편이야. 그렇지만 겁이 나서 나서지를 못하겠어, 라고.

"어머, 민석아, 태웅이랑 같은 반이었니?"

"응. 엄마, 여기 가지고 오라고 한 거. 난 간다."

설마 최민석의 엄마가 금강달의 수강생일 거라곤 상상도 하지 못했다. 태웅은 자리에 얼어붙은 듯, 꼼짝 않고 앉아 있었다. 최민석의 엄마는 태웅에게 자기 아들과 잘 지내라고, 무뚝뚝해도 좋은 아이라고 말하며 웃었지만 태웅은 웃는 시늉도 할 수 없었다.

'분명해. 다음 타깃은 나야.'

다음 날, 정말로 최민석은 태웅을 복도 구석으로 불러냈다. 최민석과 최민석의 무리 대여섯 명이 태웅을 빙 둘러싸고 섰다.

"야, 남자가 뜨개질이 뭐냐, 뜨개질이? 한심하긴. 내가 너 남자다운 일 한 번 하게 해 줄게. 이거 이하은 가방에 넣고 와."

최민석이 내민 것은 담배였다. 무엇을 하려는지 뻔했다. 하은의 가방에 담배를 몰래 넣고, 선생님에게 하은이 담배를 피운다고 말하려는 거다. 당연히 하은은 아니라고 할 거다. 하지만 가방에서는 담배가 나올 테고, 하은의 신뢰도는 곤두박질치게 된다. 하은의 이미지를 깎아내리려는 최민석의 잔꾀였다.

"빨리 받아. 안 그러면 너, 개망신 당하게 될 거야."

최민석의 재촉에도 태웅은 담배를 받지 않았다. 최민석의 무리 중 한 명이 툭, 태웅의 옆구리를 쳤다. 그 애는 손에 교복 치마를 들고 있었다.

"시키는 대로 안 하면 벌칙이야. 애들 다 보는 앞에서 치마 입고 패션쇼 할래?"

태웅은 벌벌 떨리는 손으로 담배를 받아 들었다.

'안 돼. 이하은에게 누명을 씌울 순 없어.'

오직 그 생각만 났다. 태웅은 담배를 꽉 움켜쥐고, 자신을 둘러싼 아이들의 틈새로 빠져나갔다. 그리고 복도를 마구 달리며 소리쳤다.

"선생님! 최민석이 담배 피워요! 여기, 이게 증거예요!"

"야! 저 미친놈이! 잡아!"

최민석과 최민석의 무리가 태웅을 뒤쫓아 왔다. 복도에 있던 아이들은 느닷없는 소동에 눈이 휘둥그레져 쫓기는 태웅과 쫓는 최민석을 봤다. 교실 안에 있던 아이들도 복도로 나와 추격전을 지켜보았다.

복도 맞은편 끝에 위치한 교무실이 골이었다. 그러나 태웅은 골에 터치다운 하지 못했다. 최민석이 몸을 날렸고, 태웅은 최민석의 몸 아래 깔렸다. 자신보다 머리 하나는 더 큰 최민석을 힘으로 이길 순 없었다.

"건방진 새끼! 야, 가져와, 그거."

태웅은 있는 힘을 다해 버둥거렸다. 최민석이 태웅의 바지 버클에 손을 대었을 때는 팔로 최민석을 밀며 어떻게든 최민석의 아래에서 빠져나오려고 했다. 하지만 역부족이었다. 최민석은 태웅의 바지를 벗기고, 치마를 입혔다. 그러고 나서야 태웅의 몸 위에서 일어났다.

"고자질을 하려고 했으니 벌칙을 받아야지. 치마 입으니 어때?"

최민석의 목소리와 복도에 선 다른 아이들의 웅성거림이 태웅을 어지럽게 만들었다. 다리가 서늘했다. 처음 입어 본 치마였다. 길이는 집에서 자주 입는 반바지와 별반 다를 바 없었다. 그런데도 이상하리만치 다리가 서늘하게 느껴졌다. 태웅은 치맛자락을 꽉 움켜쥐고 몸을 일으켜 앉았다.

그리고 이하은과 눈이 마주쳤다.

하은은 복도 창가에 서서 태웅을 보고 있었다. 놀란 기색이 역력한 하은의 표정을 본 순간, 태웅은 벌떡 일어나 계단 아래로 뛰어 내려갔다.

'분명 다들 날 한심하게 생각할 거야.'

그날부터 태웅은 방문을 잠그고 버텼다. 앞으로 학교에 가지 않겠노라고.

소원을 이뤄 주는 나무

토요일 아침, 엄마와 태웅은 이른 새벽부터 집을 나섰다. 원주까지 가는 차 안에서 태웅은 멍하니 창밖만 바라보았다.

'진짜 소원이 이루어질까?'

소원을 들어주는 나무가 있다는 성황림. 그곳이 엄마와 태웅의 목적지였다.

'그런데 내 소원은 뭐지?'

일주일 전으로 돌아가고 싶다? 아니다. 그때로 돌아가 봤자 비슷한 일은 언제든 벌어졌을 것이다. 엄청나게 힘이 세지고 싶다? 힘이 세면, 싸움을 잘하게 되면 무언가 달라질까? 애초에 나는 뭐가 창피한 걸까? 뭐가 창피해서 학교에도 가지 못하게 된 걸까? 왜 사람들이 다 나를 비웃는 것처럼 느껴지는 걸까? 생각은 꼬리에 꼬리를 물고 이어졌다. 하지만 아무리 생각해도 답은 나오지 않았다. 창문 밖의 풍경만 반복될 뿐이었다.

"태웅아, 다 왔어. 내리자."

결국 답을 찾지 못한 채, 차는 목적지에 도착했다. 엄마가 차 문을 열자 상쾌한 공기가 흘러들어 왔다. 태웅은 차 밖으로 나와 길게 기지개를 켰다. 산 아래 위치한 주차장은 한적했다.

"여기서부터는 걸어 올라가야 해. 안내해 주실 분이 오시기로 했어."

엄마는 한 손에는 커다란 카메라, 다른 한 손에는 지도를 들고 어깨에는 작은 가방을 메고 있었다.

"그건 뭐예요?"

태웅은 엄마가 들고 있는 지도를 가리키며 물었다.

"1960년대 지도. 여기가 천연기념물로 지정되었을 때 환경이 어땠는지 참고가 될까 해서 가져왔지. 볼래? 지금 지도와 거의 비슷한 것 같으면서도 약간씩 다른 게 재미있어."

태웅은 엄마가 건네준 지도를 받아 들었다. 손바닥만 한 크기로 접을 수 있는 지도는 태웅에게는 그다지 재미가 없었다. 태웅은 지도를 다시 접어 주머니에 넣다가 차에 휴대폰을 놓고 내린 것을 알았다. 주머니 안에는 손가락 크기만 한 작은 뜨개 인형이 들어 있을 뿐이었다. 이 인형은 할머니가 손수 떠 준 것으로, 태웅이 어릴 때부터 언제나 가지고 다니는 부적이다.

"엄마, 나 휴대폰……."

"어서 오세요. 취재 오신다던 교수님이시죠?"

가슴에 '숲 해설가'라고 쓰인 명찰을 단 남자가 태웅과 엄마를 향해 다가왔다.

"맞아요!"

엄마가 해설가를 향해 반갑게 손을 들어 보였다. 태웅은 닫힌 차 문과 엄마를 번갈아 바라보다가, 엄마 쪽으로 돌아섰다.

'어차피 금방 내려올 건데, 뭐.'

휴대폰을 가지고 있어 봤자 계속해서 알림이 울리는 단톡방을 무시하는 게 괴로울 뿐이다. 태웅은 등교 거부를 시작한 이후 한 번도 반 단톡방을 확인하지 않고 있었다. 단톡방에 자신의 이야기가 올라오든 전혀 올라오지 않든, 어느 쪽이든 괴로울 것 같았다. 그럼에도 단톡방을 나올 자신은 없었다.

'숲에 있는 동안만이라도 휴대폰 신경 안 쓰면 좋잖아.'

태웅은 휴대폰을 그대로 차 안에 둔 채, 앞서 숲으로 들어간 엄마의 뒤를 따라갔다. 발아래 밟히는 흙의 촉감과 나무 냄새 섞인 공기가 태웅의 마음을 조금 가볍게 해 주었다. 길은 험하지는 않았지만 꽤 길었고, 태웅은 점점 숨이 찼다. 그 덕분에 산길을 걸어 올라가는 동안에는 머릿속을 굴러다니는 오만 가지 생각을 멈출 수 있었다.

"여기가 서낭당입니다. 금줄 안으로 들어오실 때 신발을 툭툭 터세요. 지금부터 신의 영역에 들어가겠습니다, 하고 인사를 드리는 겁니다."

해설가가 멈춰 섰다. 작은 건물을 중심으로 흰 종이가 묶인 긴 줄이 접근 금지선처럼 쳐져 있었다. 기와지붕을 인 건물 앞에는 돌로 만들어진 계단이 층층이 쌓여 있었고, 건물의 문에는 빛바랜 문양이 그려져 있었다. 그 모습이 마치 옛날 그림 속에서 빠져나온 듯한 분위기를 풍겼다.

그러나 태웅의 시선을 사로잡은 건 건물이 아닌 건물 양옆에 선 나무들이었다. 뿌리가 초록 이끼로 뒤덮인 커다란 나무 두 그루가 건물의 양쪽에 각각 하나씩 가지를 뻗고 서 있었다. 어깨가 결릴 정도로 고개를 있는 힘껏 위로 젖혀야 끝이 보이는 높이도 놀라웠지만, 줄기가 가늘어지는 부분도 웬만한 가로수의 밑동만큼이나 굵은 것이 특히 신기했다. 태웅은 동네 뒷산에서도 그렇게까지 위풍당당한 나무는 본 적이 없었다. 두 나무가 저마다 가슴을 내밀고 '여기는 내가 사는 곳이다! 함부로 들어오지 말거라!'라고 외치고 있는 것 같았다.

"서낭당 양옆에 서 있는 게 서낭입니다. 오른쪽 전나무가 남서낭, 왼쪽 음나무가 여서낭이지요."

해설가가 엄마와 태웅에게 흰 종이와 펜을 나누어 주었다.

"소원을 적으세요. 남서낭에 묶인 새끼줄에 달린 저 종이들이 다 소원입니다. 여기에 소원을 쓰고 묶으면, 좋은 기운을 받을 수 있습니다."

태웅은 종이를 받고 한참을 망설였다. 역시나 자신의 소원이 무엇인지 딱 집어 적을 수 없었다. 하지만 두 사람을 언제까지고 기다리게 할 수는 없어서, 결국 태웅은 종이에 '시간을 되돌리고 싶다'라고 적어 차곡차곡 접었다. 해설가는 엄마와 태웅의 종이를 받아 남서낭에 묶인 새끼줄에 달았다.

"교수님도 잘 아시겠지만 동해 쪽은 남서낭은 숲이 있는 곳에 많고, 여서낭은 물이 있는 곳에 많지요. 이렇게 둘이 나란히 있는 곳이 많지는 않아요. 남서낭과 여서낭을 둘 다 모시는 곳은 예전부터 풍요롭다 하지 않습니까. 그래서인지 이 숲이 오래전부터 이렇게 풍성합니다. 원래 저 아래쪽의 당숲도 굉장히 풍성했는데……. 몇 년 전에 큰 장마가 있었잖습니까. 그때 수풀이 많이 휩쓸려 갔습니다. 하지만 숲 덕분에 인명 피해는 적었어요."

"지금도 제사를 지내지요?"

"그럼요. 일 년에 두 번씩 지냅니다. 여서낭 쪽에 걸린 위목, 저 글씨를 작년에는 전국에서 알아주는 명인이 써 주셨지요. 학생이 보기에도 글씨가 참 멋있지요?"

해설가는 자랑스러운 듯 왼쪽 나무 한가운데 걸린 한지를 가리켰다. 태웅의 눈에는 흰 종이에 먹으로 휘갈겨 쓴, 읽을 수 없는 한자가 적혀 있을 뿐이었다. 하지만 태웅은 고개를 끄덕거렸다. 태웅의 호응에 해설가는 더욱 신이 나서 말을 계속했다. 엄마는 연신 고개를 끄덕이며 해설가의 말을 받아 적고, 때로는 질문을 던지기도 했다.

태웅은 슬그머니 엄마의 곁을 떠나 주변을 기웃거렸다. 해설가의 설명은 태웅에게는 너무 어렵고 재미가 없었다.

'저게 뭐지?'

반짝. 서낭당 옆에 서 있는 커다란 나무, 그 중 여서낭이라 했던 나무에 붙어 있는 위목. 간간이 불어오는 바람에 하늘하늘 춤추듯 흔들리는 그 종이 안쪽에서 무언가 빛나고 있었다.

"원래 제사 때만 개방을 했죠?"

"예. 그런데 요즘 좀 이상한 소문이 돌아서 그런지 자꾸만 사람들이 금줄을 마구 넘고, 서낭당까지 훼손하는 일이 벌어져서요. 차라리 체계적으로 체험 프로그램 같은 걸 만들어서 평소에도 개방을 하는 게 어떨까 하는 이야기가 나오고 있어요. 그럼 사람이 상주하게 되니까 감시도 꾸준히 할 수 있고요."

"이상한 소문이요?"

태웅은 해설가와 엄마 쪽을 힐끔 쳐다보았다. "저기 뒤에는 뭐가 있어요?"라고 물어볼 셈이었다. 하지만 두 사람은 이야기에 푹 빠져서 태웅의 시선을 알아차리지 못했다. 태웅은 잠깐 망설이다가, 나무 쪽으로 걸음을 옮겼다.

평소의 태웅이라면 하지 않았을 행동이었다. 태웅은 위험한 행동을 하는 걸 좋아하지 않으니까. 하지만 그때만은 달랐다. 무언가에 흘린 듯, 저 빛나는 게 무엇인지 제 손으로 확인하고 싶다는 욕구가 치솟아 올랐다.

'어차피 나무잖아. 아까 해설가 아저씨도 나무에 묶인 소원 종이도 막 만지던데, 뭐.'

태웅은 살금살금, 여서낭 바로 앞까지 다가갔다. 그러고는 발돋움을 해야 간신히 손이 닿는 위치에 묶여 있는 위목을 살며시 걸어 올렸다.

거울이었다.

위목 안쪽에 깊은 옹이가 파여 있었고, 그 안에 태웅의 손바닥 크기만 한 거울이 하나 놓여 있었다. 거울은 위목이 나풀거릴 때마다 들어온 햇살을 반사해 보석처럼 반짝거렸다.

'뭐야, 거울이잖아? 왜 이런 데에 거울이 있지?'

태웅은 까치발을 좀 더 높이 들어 보았다. 턱을 나무줄기에 바짝 붙이고 서자 옹이 안이 더 잘 들여다보였다. 거울 표면에 무언가 작게 그려져 있었다.

'조금만 더 하면 잡을 수 있을 것 같은데……'

태웅은 손을 옹이 안쪽으로 뻗으려 안간힘을 썼다. 거울에 그려진 게 무엇인지 너무나 궁금해서 참을 수가 없었다.

'됐다!'

태웅의 손가락 끝이 거울을 툭 건드렸다. 그 순간, 거울에서 반짝이는 빛이 해일처럼 밀려 나와 태웅을 덮쳤다. 도저히 눈을 뜨고 있을 수 없는 눈부심에 태웅은 두 눈을 질끈 감았다. 깊은 물

아래로 빨려들어 가는 듯한 압력에 숨도 쉴 수 없었다. 빛과 물이 뒤섞인, 커다란 바다 거품 안에 갇힌 것만 같았다.

얼마나 눈을 감고 있었을까. 온몸을 휘어 감고 있던 바다 거품이 툭, 깨졌다. 압력도, 빛무리도 사라졌다. 태웅은 감았던 눈을 살며시 떴다.

그렇게 눈을 뜬 곳이 바로 나무 위였다.

대한민국이란 나라는 없대도

태웅은 여자아이의 방 안을 주의 깊게 둘러보았다.

'없어. 아무리 봐도 없다고.'

여자아이의 방은 단출했다. 낮은 책상과 옷장, 그리고 한구석에 가지런히 개어져 있는 이불. 책상 아래에는 책이 열 권 남짓 놓여 있었고 책상 옆에는 네모난 함 같은 것이 하나 놓여 있었다. 그뿐이었다. 휴대폰도, 컴퓨터도, 심지어 전기 콘센트 하나 보이지 않았다. 어두운 방 안을 밝히고 있는 건 방 한쪽에 놓인 등잔불이 전부였다. 게다가 가구 디자인도 태웅의 방에 놓인 것과는 사뭇 달랐다. 여자아이의 방에 있는 가구는 학교에서 단체로 체험 학습을 갔던 청학동 선비 마을에 놓여 있던 것들과 비슷했다.

'꼭 전기가 발명되지 않은 시대 같아.'

한 가지 가능성이 태웅의 머릿속을 퍼뜩 스치고 지나갔다.

'에이, 설마. 말도 안 돼. 영화도 아니고.'

말도 안 된다. 말도 안 되는데……. 태웅은 눈앞에 앉은 여자아이를 봤다. 여자아이는 태웅과 또래인 듯했는데, 위아래 모두 한복을 입고 머리는 이마가 훤히 드러나게 넘겨 댕기로 묶고 있었다. 여자아이의 차림새는 사극에서 본 조선 시대 여자들의 옷차림과 너무나 흡사했다.

"얘, 너지? 청나라 사신이 데리고 왔다는 몸종."

설마, 했던 태웅의 의심은 여자아이가 던진 말로 더 이상 부정할 수 없는 확신이 되었다.

"청나라 사신……?"

"도망치다가 사람들이 쫓아오니까 급한 마음에 우리 집 담장 기어오른 거 아냐? 그러다 나무를 보고 거기로 옮겨 탄 거겠지. 그 음나무가 참 타고 오르기 쉽게 생기지 않았니. 나도 어릴 땐 거기 자주 올랐단다. 요즘도 관찰사가 마을에 나오거나 하면 올라가서 보기도 해. 그때만큼은 어머니도 내가 나무에 오르는 걸 야단치지 않으시거든."

"……저기, 난 대한민국 사람이야."

태웅은 꿀꺽, 마른침을 삼키며 말했다. 여자아이가 뭐라고 대답할지 긴장이 되었다. 만약 여자아이가 대한민국을 안다면, 태웅의 생각은 그저 망상일 테니까.

여자아이의 입술 한가운데가 뾰족하니 솟아올라 시옷 자 모양이 되었다.

"거짓말 안 해도 된다. 거짓말을 하려면 좀 잘하든가. 대한민국? 그건 어디 있는 나라니? 차라리 왜국에서 왔다 하지. 종살이만 해서 이 세상에 무슨 나라가 있는지 배울 기회도 없었나 보구나. 안심해라. 나는 너를 신고하려는 게 아니야. 청나라 이야기가 듣고 싶을 뿐이야. 책으로 읽는 것도 재미있지만, 직접 이야기를 듣는 것과 어찌 비교가 되겠어. 게다가 글을 쓰는 사람들이 사대부 남자들뿐이니 여자들은 어찌 사는지, 노비들은 어찌 사는지 같은 건 통 알 수가 없거든. 나는 그런 이야기들이 궁금해. 청나라 여자들도 어디를 갈 때면 아버지나 남편의 허락을 받아야 하니? 혹시 혼자 여행을 떠난 이는 없니?"

설마가 진짜다. 태웅의 머릿속을 떠돌던 단어, 타임 슬립. 이른바 시간 여행. 태웅은 과거로 온 것이 분명했다. 태웅은 쓰러지듯 땅바닥에 이마를 박고 엎드렸다.

"얘, 왜 그래? 어디 아파? 배고프니?"

태웅의 머리 위에서 놀란 여자아이의 목소리가 울렸다. 태웅은 울고 싶었다. 타임 슬립이라니. 영화에서 봤을 때는 재미있겠다, 싶었지만 직접 당하니 전혀 재미있지 않았다. 단순히 낯선 곳에 떨어진 거면 버스를 타든 전철을 타든 해서 어떻게든 집에 돌아갈 수 있다. 하지만 진짜 과거로 온 것이라면? 어떻게 하면 돌아갈 수 있을지 감도 잡히지 않았다.

"……지금이 몇 년이야?"

태웅은 눈물이 나올 것 같은 걸 꾹 참고, 몸을 일으켰다.

'호랑이에게 물려 가도 정신만 차리면 산다고 했어.'

만화나 영화에서 보면 타임 슬립을 한 주인공이 시대에 맞지 않는 행동을 해서 꼭 곤욕을 치르지 않던가. 그런 실수를 하지 않으려면 지금이 언제쯤인지 알아야 했다.

'청나라라고 했으니깐, 조선 시대? 아니면…… 일제강점기? 막 순사가 칼 차고 돌아다니면 어떡하지? 혹은 전쟁 중이면?'

태웅은 학교에서 서대문 형무소에 견학 갔을 때를 떠올렸다. 그곳에서 일본 순사들이 독립 운동가들을 어떻게 고문했는지 재현해 놓은 것을 봤었다. 억지로 물을 마시게 하고, 옴짝달싹할 수 없는 좁은 방에 가두고, 마구 채찍질을 하고…… 그런 일을 겪게 된다면……. 상상만으로도 손바닥이 땀으로 축축해졌다.

"몇 년? 지금은 도광 10년이지. 금상 30년째고."

"……도광? 금상?"

아뿔싸. 태웅은 이마를 쳤다. 옛날에는 숫자로 연도를 세지 않았다는 걸 엄마에게서 들은 적이 있었다. 연호라는 것을 쓰거나 지금의 왕이 나라를 다스린 지 몇 년째, 라는 식으로 연도를 셌다고 했다. 연호는 중국의 황제가 정한 연도 이름에 연수를 더해 가는 방식이다. 새로 황제가 된 사람이 자기가 살아 있는 동안은 연호를 '도광'이라고 하겠다고 정하면, 그때부터 '도광 1년'이 되는

식이다. 그때 엄마의 설명을 들으면서, 태웅은 옛날 사람들은 그걸 어떻게 다 외우는가 싶어 감탄했었다. 지금처럼 집집마다 달력이 있는 것도 아니고, 휴대폰이 일정을 알려 주는 것도 아닌데 말이다.

"옛날 사람들은 지금처럼 모든 사람이 연도를 알아야 할 필요성이 적었어. 평균 수명도 지금보다 훨씬 짧았고, 회사에 다니거나 입시를 보거나 하는 건 다 양반들이었고. 농사를 짓고 장사를 하러 가는 등의 일상은 매일 반복되니까 굳이 연도를 알아야 할 필요는 없었지. 우리나라에 지금처럼 숫자가 쓰인 달력이 처음 들어온 건 1930년이 되어서였단다. 여기 조선 시대에 썼던 연호가 있는데, 볼래?"

그때 엄마가 내민 종이에 한자가 빽빽하게 적힌 것을 보고 질겁해서 쳐다보지도 않았던 것이 후회가 되었다.

'그걸 잘 봐 뒀으면 도광이 몇 년부터인지 알 수 있을 텐데.'

후회해도 늦었다. 이제는 아는 지식을 총동원해서 유추할 수밖에 없다. 하지만 태웅이 조선 시대에 대해 아는 것이라곤 몇 가지 되지 않았다. 세종대왕, 임진왜란, 병자호란, 일제강점기. 딱 그 정도다. 엄마가 역사학자인데 사회 시험을 못 보는 건 너무 창피하니까 나름 열심히 공부하긴 했지만, 시험 때 달달 외우고 까먹은 것들이 대부분이다. 오히려 머릿속에서 퍼뜩퍼뜩 되살아나는 건 엄마에게 이야기처럼 들은 것들이었다.

"……병자호란 있잖아, 전쟁 났던 건 언제야?"

일단 떠오르는 대로 질문을 던졌다. 여자아이는 왜 그런 걸 묻느냐는 듯이 미간을 살짝 찌푸렸다. 그래도 대답은 해 주었다.

"그건 한 이백여 년 전이지."

"탕평책은?"

"백 년 전."

그렇다면 어쨌든 영, 정조 시대 뒤니까 조선 후기인 것은 확실했다. 하지만 그 이상은 무슨 질문을 해야 좋을지 알 수가 없었다.

머리를 감싸 쥐고 끙끙거리던 태웅은 문득 주변 공기가 살벌해진 것을 느꼈다. 고개를 들어 앞을 보니, 여자아이가 태웅을 무섭게 노려보고 있었다.

"너 지금 내가 여자니까 무지할 것이라 여겨 그런 걸 묻는 거니? 비록 내가 얼녀이긴 하나 아버지는 내가 원하는 건 다 들어주셔. 너도 우리 집을 봤으니 알 테지만, 잘 살지는 못해. 아버지는 돈도 권세도 없거든. 그래도 나를 위해 공부 선생을 불러와 주신단다. 그러니 내가 무지할 것이라 여겨서는 안 돼."

여자아이의 입술이 또다시 시옷 자가 되었다. 아무래도 화가 나면 저절로 저런 표정이 나오는 모양이었다. 여자아이가 관아에 신고라도 하면 큰일이었다. 청바지에 티셔츠를 입고, 머리를 자른 태웅의 모습은 조선 사람들이 보기에 더없이 이상할 터였다. 여자아이가 태웅을 청나라에서 왔다고 여긴 것도 옷차림이 자신과 달라서일 것이다. 정말로 도망간 노비로 오해받거나, 혹은 첩자로 몰릴 수도 있다. 태웅은 허둥지둥 주머니를 뒤졌다.

'뭐 없나? 내가 수상한 사람이 아니라는 걸 증명할 만한 거⋯⋯.'

없었다. 주머니를 탈탈 털었지만, 나온 것은 엄마가 맡긴 지도와 뜨개 인형뿐이었다. 휴대폰도 지갑도 모두 차에 놓고 내린 것이 그제야 기억났다.

"그런 거 아냐. 나, 진짜 대한민국에서 왔어. 조선에 대해서 아는 게 많지가 않아서 물어본 것뿐이야."

"또 거짓말. 대한민국이란 나라는 없대도."

여자아이의 시선이 태웅이 꺼내 놓은 물건에 가 닿았다. 여자아이의 입술 모양이 슬그머니 원래대로 돌아갔다. 그러고는 손을 뻗어 지도를 집었다.

"어머나!"

지도를 펼치면서 여자아이는 작게 탄성을 질렀다.

"⋯⋯이렇게 정교한 지도는 처음 봐. 쓰인 지명이 내가 보던 것과 좀 다르기도 하고. 그래, 네 말대로 대한민국이란 나라가 있을 수도 있겠어. 내가 전 세계의 나라를 모두 아는 것은 아니니까. 처음 코 큰 서양 사람들이 조선에 오기 전만 해도, 그런 사람들이 다른 나라에 살고 있다는 것을 우리가 어찌 알았겠어. 하지만 지금은 서학도 전해졌고, 천주학쟁이들도 늘고 있다고 하지. 나는 아직 서학을 접한 적은 없지만, 측량 기술과 천문학이 매우 뛰어나다고 하더라. 네가 가지고 온 지도를 보니, 대한민국이란 나라도 서양 나라 중 하나인 모양이지.”

한참이나 지도를 꼼꼼히 들여다보던 여자아이는 혼잣말을 중얼거리더니, 고개를 들어 다시 태웅을 보았다. 그러고는 고개를 끄덕거렸다.

“생긴 게 서양 사람은 아닌 듯하지만, 입고 있는 게 확실히 청나라 옷과는 다르구나. 청나라 남자들은 옆이 트인 긴 장삼을 입는다고 들었어. 네가 입은 것처럼 몸에 딱 달라붙는 바지는 처음 봐. 머리카락을 짧게 자른 거야 청나라 남자들은 변발을 한다니까, 하고 넘겼는데……. 그래. 네가 대한민국에서 왔다는 걸 믿어 줄게. 그건 어디 있는 나라니? 조선에서 아주 머니?”

“……안 멀어. 대한민국이랑 조선은 같은 나라야.”

태웅의 말에 여자아이는 깔깔 웃었다.

“농담도 하는 것 보니, 긴장이 좀 풀렸구나.”

“농담 아니야. 진짜야. 그거 대한민국 지도야. 조선 지도랑 똑같지 않아?”

태웅이 정색을 하고 말하자, 여자아이는 지도를 바닥에 펼치고는 다시 들여다보았다.

“내가 본 게 팔도여지지도뿐이라서…… 그건 색이 없고 이렇게 섬세하게 그려져 있지 않았어. 그것도 어렵게 구해서 본 거였지만. 전체적인 형태가 비슷하긴 한데……. 그럼 대한민국이 나라가 아니라 어느 지역을 가리키는 말이니? 방언인가?"

"대한민국은 조선의 먼 미래야. 한…… 이백 년쯤 후?"

지도에서 시선을 뗀 여자아이의 눈이 태웅과 딱 마주쳤다.

"그러니까 네 말은, 네가 미래에서 온 귀신, 뭐 그런 거라고?"

여자아이는 슬그머니 엉덩이를 뒤로 빼서 벽 쪽으로 붙어 앉더니 책상 옆에 놓인 함을 양손으로 꽉 움켜잡았다. 금방이라도 태웅을 향해 함을 집어 던질 기세였다.

"다가오지 마. 수상하긴 해도 선해 보여서 도와주려고 했더니, 미친놈이었을 줄이야."

"아니야! 나 진짜 미친 거 아냐! 믿어 줘."

태웅은 답답했다. 아무리 생각해도 자신이 할 수 있는 게 없었다. 역사를 달달 외우고 있는 엄마가 타임 슬립을 했다 해도 별반 다르지 않았을 것이다. 자신이 미래에서 왔다는 것을 당장 어떻게 증명한단 말인가. 언제 왕이 바뀌고 언제 전쟁이 일어났는지는 외울 수 있어도, 역사책에 단 한 줄도 기록되지 않은 평범한 소녀의 내일을 예언할 수는 없었다.

'나라도 누가 갑자기 미래에서 왔다고 하면 안 믿을 거야.'

몸에서 힘이 쭉 빠지며 더럭 겁이 났다. 태웅은 그대로 한참 동안 꼼짝하지 않았다.

'이대로 집에 돌아가지 못하면 엄마도, 할머니도 다신 볼 수 없겠지? 이렇게 될 줄 알았으면 엄마한테 다 이야기할 걸 그랬어.'

두려움과 후회가 뒤엉켜 코끝을 시큰하게 만들었다. 더 이상 눈물을 참을 수가 없었다. 태웅은 코를 훌쩍거렸다. 눈가에 차오른 눈물이 주르륵 흘러내렸다. 그러다 담이 무너진 것처럼 눈물이 터져 나왔다. 결국 태웅은 무릎에 얼굴을 파묻고 엉엉 울었다.

"얘, 진정해. 응? 그만 울어."

옷이 축축해질 정도로 우는 태웅에게 여자아이가 손수건을 건 넸다. 노란빛이 도는 까칠한 천 한 귀퉁이에 나비 모양 수를 놓은 것이었다. 손수건을 받아든 태웅은 수가 놓인 부분을 만지작거렸다. 손에 익은 실의 촉감에 마음이 조금 진정되었다.

"수 놓은 거 되게 서툴다……."

태웅이 중얼거리자, 여자아이의 귓불이 살짝 붉어졌다.

"내 이름은 김금원이야. 열네 살. 너는?"

"나는 김태웅. 나도 열네 살."

"미쳤다고 한 거 미안해. 네가 미래에서 왔다는 건 솔직히 못 믿 겠어. 하지만 그렇게 울 정도면 네가 원해서 여기에 온 게 아니란 거겠지. 나도 억지로 집을 떠나게 되면 슬프고 불안할 거야."

금원의 다정한 말투가 태웅을 진정시켰다.

'나랑 동갑인데 되게 어른스럽게 말하네.'

태웅은 금원이 준 손수건에 코를 풀었다. 어느새 눈물은 멈춰 있었다.

"그렇다고 울기만 할 순 없잖니. 집으로 돌아갈 방법을 찾아야지. 그러려면 일단 축 처져 있으면 안 돼! 긍정적으로 생각해야지. 운이란 마음을 따라가게 마련이야. 나도 도울게."

"나를 도와준다고? 왜? 우리 오늘 처음 만났잖아."

"장자께서 말씀하셨지. 군자는 순수하게 사귄 사람이 어려움에 처했을 때 돕는다고."

"……무슨 뜻이야?"

금원은 양손을 허리에 척 얹고는 선언하듯 말했다.

"너와 내가 친구라는 뜻이지."

"친구?"

"그래. 지금부터 우린 친구야. 어머니가 알면 다 큰 여자애가 어떻게 남자하고 친구 할 생각을 하냐고 기절하시겠지만 말이야. 네 말대로라면 네가 여기 와서 처음 만난 게 나잖아? 그건 내게 너를 도우라는 하늘의 뜻이 있었던 거 아니겠어?"

금원이 웃었다. 태웅도 얼결에 따라 웃었다. 그때였다. 창호지를 바른 문 위에 어른어른, 긴 그림자가 드리워진다 싶더니 작은 기침 소리가 들렸다. 금원은 조용히 하라는 듯 검지를 입가에 대어 보이곤 문 쪽을 향해 뒤돌아섰다.

"금원아."

문밖에서 낭창한 여자 목소리가 들려왔다.

"예, 어머니."

금원은 태웅과 이야기하던 때와는 사뭇 다른, 얌전한 목소리로 대답했다.

"밤이 깊었는데 안 자고 뭘 하니? 문밖까지 네 목소리가 들리더구나."

"이야기책을 소리 내어 읽다가 너무 집중한 모양이에요."

"그래? 책 적당히 읽고 자거라. 몸도 약한 아이가……. 여자아이가 책 읽는 걸 그리 좋아해서 어디에 쓰려고."

문에 비추었던 그림자는 사라졌다. 금원은 잠시간 못 박힌 듯 문 쪽을 바라보고 서 있다가 크게 한숨을 한 번 내쉬고는, 다시 태웅을 향해 몸을 돌려 섰다.

"방 밖으로 불빛하고 목소리가 새어 나가니까, 오늘은 이 이상 이야기하기 힘들겠어."

금원은 작은 목소리로 태웅을 향해 속삭이듯 말했다.

"오늘은 이 방에서 자. 나는 동생 방에 가서 잘 테니까. 내일 아침 일찍 깨우러 올게."

"알았어."

태웅은 방 한쪽에 이불을 깔고 잘 준비를 했다. 금원은 등잔이 놓인 쪽으로 다가가 등잔 옆에 놓여 있는 긴 금속 막대를 집어 들었다.

"그건 뭐야?"

"소등 기구. 이 끝에 달린 종 같은 거 있지? 이걸로 등불을 덮어서 끄는 거야."

"그냥 불어서 끄면 안 돼?"

"그럼 복 나가. 잘 자. 내일 보자."

둥그런 금속 종이 불을 덮었다. 방은 금세 깜깜해졌다. 금원이 나가자 태웅은 혼자가 되었다. 태웅은 어두운 방 안에서 이불을 뒤집어쓰고 누웠다.

'자자. 자고 일어나면 원래 세계로 돌아가 있을지도 몰라.'

하지만 잠이 오지 않았다. 너무나도 피곤하고, 운 탓에 두 눈이 부어올라 금방이라도 감길 것만 같은데도 잠은 오지 않았다. 이불에서 나는 냄새도, 올려다보이는 천장도, 모든 것이 낯설었다.

하지만 낯설어서 잠들지 못하는 건 아니라는 것을 태웅은 잘 알았다. 사실 등교 거부를 한 그날부터 익숙한 자신의 방에서도 쉽게 잠들지 못했다. 시험이 끝나기 일 분 전인데 시험지의 문제도 읽지 못한 것처럼 계속 불안했다. 당장이라도 무언가 해야 할 것 같은데 그 '무엇'이 뭔지 알 수 없는 그런 불안감. 왜 불안한지조차 알 수 없어서 가슴이 답답해지곤 했었다.

그에 비하면, 지금의 불안은 이유가 확실하다.

'그렇게 생각하면 좋은 점 하나는 생긴 거잖아. 금원 말이 맞아. 긍정적으로 생각하자.'

그래도 잠은 쉬이 오지 않았다. 몸을 뒤척이며 옆으로 돌아눕는데, 주머니에서 뜨개 인형이 툭 떨어졌다. 할머니가 태웅의 초등학교 입학식 날 선물로 준 것이었다.

금강달의 주인인 할머니는 뜨개질이면 뜨개질, 자수면 자수, 실을 가지고 하는 것은 무엇이든 솜씨가 남달랐다. 그중에서도 할머니가 만든 뜨개 인형은 꼭 살아 있는 듯한 생명력이 느껴진다고 마니아들 사이에서 입소문이 나 있었다.

"이건 내가 태웅이 너 학교생활 잘하기를 바라면서 만든 거야. 하루에 한 코씩 기도하면서 떴으니까 꼭 가지고 다니렴."

할머니의 목소리와 따뜻한 손길까지 고스란히 떠올랐다.

태웅이 뜨개 인형을 양손으로 살포시 감싸 쥐었을 때였다. 인형에서 은은하게 빛이 나기 시작했다. 어둠 속에서 빛나는 반딧불처럼 마음을 포근하게 해 주는 빛이었다.

'이제까지 이런 적이 없었는데.'

태웅은 깜짝 놀라 손바닥 틈으로 새어 나오는 빛을 바라보았다. 빛을 보고 있자니 졸음이 솔솔 몰려왔다. 스르르 눈꺼풀이 감겼다.

태웅은 오랜만에 깊고도 달콤한 잠에 빠져들었다.

금강산에 가야겠어

환한 아침 햇살이 태웅의 얼굴 위에 드리워졌다.

"김태웅! 빨리 일어나. 어서!"

어깨를 흔드는 손길에 태웅은 번쩍 눈을 떴다. 태웅을 깨우는 목소리가 낯설었다.

'맞아, 나 타임 슬립 했지!'

어젯밤의 일이 잠이 덜 깬 머릿속에 마구 떠올랐다. 태웅은 찰싹, 자신의 뺨을 가볍게 때려 보았다. 아팠다. 역시 꿈은 아닌 모양이다.

"왜 자기 얼굴을 때리고 그래? 빨리 일어나. 어머니가 오시기 전에 서둘러야 해."

금원의 재촉에 태웅은 이불 밖으로 나왔다. 그러자 금원이 태웅의 품에 옷을 떠안겼다.

"옷 갈아입어. 네가 입은 옷은 너무 눈에 띄어."

태웅은 받은 옷을 펼쳐 보았다. 이곳저곳 기운 흔적이 있는 저고리와 바지였다. 바지 길이가 정강이까지 오게 짧고 발목을 묶는 끈이 없는 것이, 명절 때 입던 한복과는 약간 달랐다.

'꼭 아빠가 여름에 입던 생활한복처럼 생겼네.'

태웅은 이리저리 옷을 살펴보다가 코를 틀어막았다. 처음에는 착각인가 싶었는데, 옷에서 퀴퀴한 냄새가 풍겼다. 땀에 젖은 체육복을 빨지 않고 일주일쯤 사물함에 넣어 둔 그런 냄새였다.

"야, 다른 옷은 없어? 이거 냄새가 너무 심해."

"우리 집에서 일하는 돌쇠 옷이니까 그렇지. 그것도 간신히 가져온 거야. 우리 집에 너한테 맞을 만한 남자 옷은 그것밖에 없단 말이야."

"아무리 그래도……."

태웅은 코를 쥔 채 옷을 바닥에 놓고 손가락 끝으로 멀리 밀어냈다. 금원이 쯧, 혀를 찼다.

"유별나네. 남자들은 그 정도 냄새나는 건 다들 아무렇지 않아 하드만."

금원의 말이 쿡, 태웅의 가슴을 찔렀다. 그런 건 남자답지 않아. 최민석의 단골 멘트였다. 가슴 한쪽에 쌓여 있던 답답함이 금원의 말에 금방이라도 터질 듯 부풀어 올랐다.

"아니면 태웅이 너, 내 옷 입을래? 나랑 키가 비슷하니까 가능

할 것 같은데."

금원이 옷장에서 꺼내어 보인 것은 한복 치마였다.

"내가 왜 여장을 해! 죽어도 안 해!"

치마가 눈앞에서 펄럭거리는 순간, 태웅은 버럭 소리를 질렀다. 부풀어 올랐던 답답함이 뻥 터져 버렸다. 금원의 눈이 휘둥그레 커졌다가 곧 일자로 가늘어졌다. 시옷 모양으로 변한 금원의 입가를 보고, 태웅은 아차 싶었다.

"왜 화를 내? 나는 널 도와주려고 한 거야. 여장을 하면 나랑 다니기 더 쉽단 말이야. 아무리 아랫것들 옷을 입어도 밖에서 남녀가 나란히 붙어 다니면 금세 소문이 난다고! 어머니 귀에 들어가는 건 금방이야. 그리고 네가 남자 옷을 입으면 내 몸종인 척하면서 한 발 뒤에서 따라와야 해. 하지만 여장을 하면 그러지 않아도 된다고."

금원의 말에 태웅의 미안함은 더욱 커졌다. 장난으로 그런 말을 한 줄 알았는데, 금원이 한복 치마를 꺼내든 데는 나름의 이유가 있었던 것이다.

"나도 알아. 남자들은 여장하는 것을 부끄럽게 여기지. 재주를 팔러 다니는 무동이나 좋지 않은 일을 계획하는 무당 같은 사람들이나 여장을 하니까 말이야. 하지만 그 사람들은 그걸로 먹고 살아. 그게 무어가 나쁘지?"

금원은 거침없이 말을 이어갔다.

"그리고 『삼국지연의』에는 사마의가 여장으로 자신의 정체를 감추고 적진을 살폈다는 구절이 있어. 그것도 창피한 거야? 여장은 부끄러운 게 아니야. 어떤 옷차림을 하든 자기가 떳떳한 것이 중요한 거지. 난 여장을 하면 남자답지 못하다고 말하는 사람들이야말로 소인배라고 생각해. 네가 그런 소인배였다니 실망이야. 내 도움이 필요 없으면, 다른 곳에 가 봐."

금원은 다다다다 쏘아붙이고는 획, 태웅에게서 등을 돌렸다.

'얘까지 없으면 집으로 돌아갈 방법을 찾기 전에 굶어 죽을지도 몰라.'

태웅은 마음이 급해져, 두 팔을 벌리고 금원과 문 사이를 막아섰다.

"미안해! 네가 날 놀리려고 하는 줄 알았어. 남녀가 같이 다니면 안 된다거나 그런 건 몰랐어. 내가 있던 곳에서는 남자랑 여자가 같이 걷는 건 별일이 아니란 말이야."

"……거짓말. 그런 세상이 있다고?"

"진짜야. 난 미래에서 왔다고 했잖아."

제발 나 좀 믿어 줘, 응? 태웅의 진심이 통한 것일까. 금원의 입가가 슬그머니 제자리로 돌아왔다.

"미래에서 왔으면 남자가 치마 입는 것쯤은 아무렇지 않아야 하는 거 아냐? 설마 이백 년 후에도 여자는 치마, 남자는 바지만 입는 건 아니지?"

"여자는 바지 많이 입어."

"남자는? 치마 안 입니?"

치마 입는 남자. 태웅은 집에 틀어박히게 된 후, 인터넷에 검색해 본 적이 있다. 치마를 입고 하이힐을 신고 다니는 남자 연예인의 기사가 있었다. 그 연예인은 그게 자기의 개성이라고 했다. 편하다는 이유로 치마를 입고 다니는 남자도 있었다. 스코틀랜드에서는 '킬트'라는 치마가 남자들의 전통 복장이라고 했다. 치마를 입는 남자는 의외로 많았다.

인터넷 속의 치마 입는 남자들은 모두 행복하고 당당해 보였다. 그것이 태웅의 마음을 더 복잡하게 만들었다. 저 사람들은 당당하게 치마를 입는데, 나는 왜 고작 그런 걸로 학교에도 가고 싶지 않은 걸까. 내가 소심한 게 문제인 걸까. 모든 게 다 자신의 잘못인 듯만 했다.

"……입는 사람도 있어. 하지만 치마 입는 남자를 이상하게 보는 사람들도 많아."

"재미없어라. 미래엔 좀 달라질 줄 알았더니."

금원은 어깨를 으쓱해 보이곤, 태웅의 옆을 지나 방 밖으로 나갔다.

"얼른 갈아입고 나와."

탁. 방문이 닫혔다. 태웅은 입고 있던 청바지와 티셔츠를 벗고, 저고리와 바지를 입었다. 악취에 절로 인상이 써 졌지만 어쩔 수 없었다. 옷을 갈아입은 태웅은 방 밖으로 나왔다.

"가자. 잠깐만, 그 전에 이거."

금원이 태웅에게 하얀 두건을 건네주었다.

"그걸 머리에 써. 그럼 머리 자른 것 안 보일 거야."

조선 시대에는 부모님에게 받은 신체를 소중히 하는 것을 효도라고 여겼기에 머리카락도 함부로 자르지 않았다. 남자도 머리를 길러서 혼인을 하기 전에는 댕기 머리로 땋았고, 혼인 후에는 하나로 묶어 올려 상투를 틀었다. 그래서 1895년, 고종이 단발령을 선포하고 전 국민에게 머리 자르기를 강요하자 큰 소동이 일어났다. 상투를 잘릴 수 있다는 공포에 산속으로 숨어 들어간 사람까지 생겨났다.

"지금은 남자가 머리를 자르는 게 당연하지만, 예전엔 아니었던 거지. 당연한 건 없어. 다 바뀐단다. 그 변화를 만들어 가는 것도 사람이지."

언젠가 엄마와 함께 머리를 자르러 갔을 때 들은 이야기다.

'여긴 아직 단발령이 실행되기 전이구나. 그럼 고종황제 이전이니깐, 일제강점기는 확실히 아닌 거네.'

태웅은 짧은 머리가 보이지 않게 두건으로 단단히 묶었다.

금원이 앞장서서 집을 빠져나갔다. 긴 담장을 따라 걷는 동안, 몇몇 사람이 태웅의 옆을 스쳐 지나갔다. 그때마다 그 사람이 앞을 가로막고 "이 이상한 놈은 어디서 왔어?"라고 호통을 칠 것만 같아 태웅은 온몸이 긴장으로 굳어졌다. 하지만 그 누구도 태웅에게 신경을 쓰지 않았고, 태웅도 조금씩 긴장이 풀렸다.

두 사람은 마을 밖으로 나와 흐르는 하천을 따라 걸었다. 마을이 조금씩 멀어져 갔다.

"지금 어디 가는 거야?"

"저잣거리. 한 사백 보 걸으면 돼. 안 멀어."

사백 보는 대체 얼마만큼의 거리일까. 역시나 낯선 용어 때문에 가늠이 되지 않았다.

"저잣거리는 왜 가는데?"

"너 지낼 곳 찾아 주려고. 계속 우리 집에서 지낼 수 있으면 좋겠지만, 어머니가 허락해 주실 리가 없어. 나, 얼마 전에도 어머니랑 크게 싸웠단 말이야."

"지낼 곳이 그렇게 쉽게 찾아질까? 나는 가진 돈도 없는데."

"괜찮아. 나만 믿어. 저기, 보이지?"

금원이 손가락으로 가리킨 방향에 초가집 지붕이 쭉 늘어선 거리가 보였다.

＊

천을 늘어놓고 파는 포목점, 그릇을 파는 자기점, 한약방과 대장간 등 온갖 가게가 늘어서 있었다.

"이리 오세요. 이게 요즘 한양에서 유행하는 거라니까."

손님을 불러 모으는 상인들의 목소리와 땅, 땅, 대장장이가 쇠를 두드리는 소리, 우리에 갇힌 닭 울음소리까지. 저잣거리에는 사람과 소리가 활기차게 넘쳐흐르고 있었다.

'나 진짜 조선 시대로 왔구나.'

한약방에 주렁주렁 달린 약봉지며 사람들이 쓰고 있는 망건, 지게를 진 사람이 오고 가는 모습 등등. 영화에서나 봤던 풍경이 눈앞에서 생생하게 펼쳐지자 정말로 타임 슬립 했다는 것이 실감이 났다. 태웅은 주변을 두리번거리며 금원의 뒤를 따라갔다.

"여기야. 들어가자."

금원이 한 가게 안으로 쏙 들어갔다. 태웅도 황급히 금원의 뒤를 따라 문지방을 넘었다. 가게 안으로 들어가자마자 종이 냄새가 코끝으로 확 몰려왔다. 교실 한 칸 정도 크기의 작은 가게 안의 사방이 온통 책이었다. 사면 벽에 설치된 책장에도 책이 빼곡했고, 가게 안쪽에 놓인 평상 위에도 책등을 끈으로 묶은 책이 가득했다. 심지어 2층 다락과 연결된 계단에도 책이 놓여 있었다.

"세책점 와 본 적 있니? 한양에는 몇 군데 있다던데, 원주에는 여기 딱 한 군데밖에 없어. 여기 점주 아저씨도 원래 한양에서 책쾌 하다가 여기로 와서 자리 잡은 거야. 책을 빌려주는 것보다 귀한 책을 모으는 데 더 열심인 괴짜야. 아저씨, 저 왔어요!"

금원이 목소리 높여 부르자, 2층 다락 위쪽에서 우당탕, 요란한 소리가 나더니 한 남자가 계단을 걸어 내려왔다. 남자의 어깨에 뿌연 먼지가 내려앉아 있었다.

"금원 아가씨 오셨소? 옆에는 누구야? 처음 보는 얼굴인데."

점주가 툭툭 먼지를 털며 태웅을 물끄러미 바라보았다. 점주는 키가 크고 얼굴이 술에 취한 듯 붉었다. 점주의 부리부리한 눈이 '수상한 놈이로군'이라고 말하는 듯해 태웅은 절로 어깨가 움츠러들었다.

"아저씨. 이 애 여기서 써 줄 수 있을까요? 사정이 있어서 가족이 다 뿔뿔이 흩어졌대요. 당장 잘 곳도 없다지 뭐예요."

금원의 말에 점주의 눈이 한층 더 부리부리해졌다. 태웅은 금원이 원망스러웠다. 금원과 점주가 아무리 친한 사이라도, 모르는 사람을 그렇게 쉽게 써 줄 리가 없지 않은가. 게다가 고작 열네 살짜리를!

"흠. 도령, 이름이 무엇이오?"

점주는 험상궂은 외모와 달리 태웅에게 부드럽게 말을 걸었다.

"김, 김태웅입니다."

"김태웅이라. 그럼 금원 아가씨 먼 친척인가? 양반이오? 가족은 어쩐 일로?"

태웅은 뭐라 대답해야 좋을지 알 수 없어 입을 다문 채 발끝만 바라보았다. 미래에서 왔는데 돌아가는 법을 몰라요, 라고 해 봤자 믿어 줄 리가 없었다. 그러자 점주가 격려하듯 태웅의 어깨를 두드렸다.

"말할 수 없는 사정이 있나 보오. 하긴, 그런 시대지. 평안도의 홍경래였나, 그가 세상을 요란하게 한 게 고작 이십여 년 전인데. 그때 세상이 바뀌었으면 무언가 달라졌을까. 전국에서 가뭄에 산적에 난리가 났는데도 높으신 분들은 자리다툼 하는 데 여념이 없으니……. 김삿갓인가, 그 양반이 벼슬자리 마다하고 어슬렁어슬렁 금강산 구경이나 하고 다니는 것도 이해가 된다니까. 벼슬자리가 더럽다 느낀 것이겠지."

"그럼 아저씨도 과거 붙어도 벼슬자리 마다할 거예요?"

혼잣말을 중얼거리던 점주는 금원의 말에 껄껄 너털웃음을 터뜨렸다.

"어이구, 아무 자리나 주십시오, 하고 넙죽 엎드려야지. 양반 자리 사려면 돈이 얼마인데. 태웅 도령, 혹시 글은 좀 읽을 줄 아시나? 사실 책을 빌려 가는 사람들보다 읽어 달라는 사람들이 더 많거든. 지금은 나 혼자 전기수 일을 하고 있지만, 한 명 더 있으면 좋겠다 싶었지."

조선 시대에는 글을 읽을 수 있는 사람이 많지 않았다. 조선 전기에 세종대왕이 한글을 만들었지만, 그것도 양반집 여자들쯤 되어야 배울 수 있었다. 농사를 짓는 백성들은 글을 배울 시간도 부족했고, 백성을 상대로 글을 가르쳐 주는 곳도 거의 없었다. 그렇지만 재미있는 이야기는 어느 시대고 매력적인 법이다. 그래서 조선 후기에는 사람들에게 책을 읽어 주고 돈을 받는 전기수라는 직업이 생겨났다고, 엄마가 이야기해 준 적이 있었다.

"한글은 읽을 수 있는데, 한자는 좀……."

"한글?"

점주가 무슨 말인지 모르겠다는 듯 고개를 갸웃거렸다.

'아차! 조선 시대에는 한글을 다르게 불렀지. 뭐였지? 맞다, 언문!'

태웅은 재빨리 다시 말했다.

"언문이요. 언문은 읽을 수 있어요."

"그거면 됐지! 인기 있는 이야기책은 언문으로 쓰인 게 많거든. 보자, 그럼 이 책 한 장만 읽어 보시게나. 목소리가 좋은지 들어 보게."

점주가 쌓여 있는 책 중 한 권을 집어 들어 태웅에게 건넸다. 태웅은 자신만만하게 책을 받아들었다.

'뭐야, 이게 한글이라고?'

표지를 넘기자마자 태웅의 입이 떡 벌어졌다. 책에 쓰인 한글은 태웅이 익히 알던 것과 많이 달랐다. 세로로 쓰여 있는 데다 띄어쓰기도 없이 휘갈겨 쓴 손 글씨인 건 제쳐 두고라도, 글자의 모양 자체가 낯설어 한 장은커녕 한 줄도 제대로 읽을 수가 없었다. 'ㆆ'는 뭐고 'ㅿ'는 또 뭔지 감도 잡히지 않았다.

'이러다간 여기서 일하지 못하게 될 거야.'

그럼 당장 오늘 밤부터 잘 곳이 없다. 태웅의 입안이 바짝바짝 말랐다.

"흠흠, 책이 좀 어렵나? 괜찮네. 내가 일당은 많이 못 주어도 먹고 자는 건 해결해 줄 수가 있소. 여기 2층 다락이 한 사람 발 뻗고 잘 만큼의 공간은 되거든. 안 그래도 밤에 불이라도 나면 어쩌나 걱정이었는데, 태웅 도령이 여기서 지내 주면 고맙지. 일단은 청소하는 것부터 배웁시다. 책 읽는 거야 천천히 익혀서 하면 되지."

태웅이 한참이나 책을 다시 읽지 못하고 가만히 서 있자, 점주가 태웅의 손에서 책을 다시 가져갔다.

"저 채용된 건가요?"

"그럼. 금원 아가씨 부탁인데."

점주는 금원을 향해 척, 하고 엄지를 들어 보였다.

"나만 믿으라고 했잖아."

금원이 태웅을 보며 싱긋 웃었다.

"금원 아가씨, 슬슬 집에 가야 하지 않소? 오늘 공부 선생님 오시는 날이잖소."

"맞다! 역시 아저씨 기억력은 알아줘야 해요. 엄마야, 잘못하면 늦겠다. 나 이만 가 볼게. 태웅아, 힘내! 내일 또 올게!"

태웅이 대답할 틈도 없이 금원은 세책점 밖으로 바쁘게 뛰어나갔다. 태웅은 멀어지는 금원의 뒷모습을 보며 옷자락을 꽉 움켜쥐었다. 나 혼자 두지 마. 그렇게 말하고 싶었지만, 차마 금원을 잡을 수는 없었다.

＊

'앞으로 어떻게 될까?'

태웅은 어두운 다락에 누워 생각에 잠겼다.

'설마 글도 못 읽게 될 줄이야. 이러면 집에 돌아가는 방법은 어떻게 찾지?'

결국 하루 종일 태웅이 세책점에서 한 일은 잔심부름뿐이었다. 글자를 읽지 못하니 책을 분류하는 간단한 일도 제대로 할 수 없었다.

"일은 천천히 배우면 되지."

점주는 그렇게 말하곤 태웅에게 이불을 갖다 주었다. 점주는 내내 상냥했지만, 그 상냥함도 태웅의 불안을 가라앉혀 주지는 못했다. 분명 같은 한글인데, 글자의 모양새가 다르다. 그것은 낯선 길거리의 풍경보다 훨씬 더, 이곳이 다른 시대라는 것을 실감하게 해 주었다.

'엄마가 날 찾고 있겠지? 할머니도 많이 놀라셨을 거야. 이대로 계속 돌아가지 못하면······.'

태웅은 고개를 마구 가로저었다.

'긍정적인 생각, 긍정적인 생각!'

태웅은 뜨개 인형을 꺼내려고 품 안에 손을 넣었다. 어젯밤과 같이 인형이 신비한 빛을 내 주었으면 했다. 그럼 마음 편히 잠들 수 있을 텐데. 인형을 집는데 꼼지락, 미세한 움직임이 느껴졌다.

'뭐지?'

태웅은 인형을 꺼냈다. 태웅의 손안에서 인형이 톡, 용수철처럼 튀어 올라 바닥에 섰다. 그러고는 마치 살아 있는 것처럼 깡충깡충 바닥을 뛰어다녔다.

'인형이 움직이다니!'

태웅은 놀라서 입을 떡 벌리고 제자리에 얼어붙었다. 그 사이에 인형은 다락방의 끝까지 뛰어가, 계단 앞에 멈춰 서더니 태웅 쪽을 빤히 바라보았다. 꿈인가 싶어 손등을 꼬집어 보고 있던 태웅과 인형의 눈이 마주쳤다. 그러자 어쩐지 할머니가 태웅을 바라볼 때처럼 마음이 차분해졌다.

'그, 그래, 할머니가 만들어 준 부적이잖아. 무섭지 않아.'

태웅은 머리끝까지 뒤집어쓰고 있던 이불 밖으로 나와 섰다. 인형이 움직이다니 보통 일이 아니다. 어쩌면 원래 세계로 돌아가는 방법을 찾는 데 도움이 될지도 모른다.

'따라가 보자. 할 수 있어!'

태웅은 용기를 내서 인형에게 가까이 갔다. 태웅이 옆에 서자, 인형은 기다렸다는 듯 계단 아래로 폴짝 뛰어 내려갔다.

"기다려! 가, 같이 가!"

태웅도 다급히 계단을 뛰어 내려갔다. 인형은 태웅보다 빨랐다. 어느새 계단을 모두 내려간 인형은 책장 위로 뛰어올랐다. 계단을 내려와 1층에 선 태웅은 책장과 책장 사이를 뛰어다니는 인형을 눈으로 좇았다. 인형은 한참을 책장 곳곳을 뛰어다니다 한 책장 앞에 멈췄다. 깜빡깜빡. 인형의 빛이 약해졌다가 강해지기를 반복했다. 흡사 여기 좀 봐 달라고 말하는 듯했다. 태웅은 인형에게 다가갔다. 그러자 인형이 책장에 꽂힌 책의 책등을 툭툭 쳤다.

"이 책을 보라고?"

태웅은 인형이 고른 책을 집어 들었다. 금방이라도 책등이 떨어질 듯, 너덜너덜하게 낡은 책이었다. 표지에는 아무것도 쓰여 있지 않았다. 태웅은 표지를 넘겨 보았다. 첫 장에 쓰인 글자는 가로쓰기로 단정하게, 또박또박 쓰여 있었다. 게다가 글자 모양도 태웅이 익히 알고 있는 바로 그 한글이었다. 태웅은 신이 나서 책을 소리 내어 읽었다.

"소년은 성황림 앞에 섰다. 눈부신 빛이 소년을 감쌌고, 소년은 눈을 감았다. 소년이 눈을 떴을 때, 소년은 시간의 흐름을 거슬러 낯선 장소에 서 있었다……. 잠깐만, 이거 완전 내 이야기잖아!"

책에 쓰인 내용은 태웅이 겪은 일과 너무나 비슷했다. 태웅은 재빨리 책장을 넘겼다. 그러나 종이 곳곳에 검은 얼룩이 크게 져 있어서 읽을 수 있는 부분이 많지 않았다. 다음 장, 또 다음 장도 마찬가지였다. 그래도 태웅은 읽을 수 있는 부분을 최대한 읽으려 애썼다.

"도광 10년이 1830년이구나. 보자, 효명세자가 대리청정을 맡아 그나마 나라가 안정되었지만, 곳곳에 도적이 들끓었다……. 효명세자가 누구지?"

책 중간은 아예 읽을 수 있는 부분이 없었다. 누군가 의도적으로 검은 먹물에 책장을 담갔다가 뺀 듯, 온통 검은 얼룩투성이였다. 그나마 책 마지막 몇 장은 얼룩이 희미해서, 태웅은 책에 눈을 바짝 가져다 대고 글자를 읽어 내려갔다.

"금강산을 향해 가던 소년은 이무기가 살던 호수를 찾아내었다. 달빛이 호수에 길을 만든 밤이었다. 소년은 별을 품에 품고 호수로 뛰어들어 갔다. 호수에 빠진 소년은 빛나는 달의 문을 열었다. 그 순간 문 건너편에서 밝은 빛이 뿜어져 나왔고, 소년은 그 빛에 휩싸였다. 별과도 같은 빛무리에 이끌린 소년이 정신을 차렸을 때, 소년은 자신이 살던 곳으로 되돌아가 있었다. 시간의 흐름을 거스른 운명이 제자리를 찾은 것이다."

이거다!

태웅은 책을 꽉 움켜잡았다.

"이무기가 살던 호수를 찾으면 돼. 금강산 가는 길에 있는 호수! 그럼 집에 돌아갈 수 있어. 만세, 만세다!"

태웅은 두 팔을 번쩍 들고 만세를 불렀다. 신이 나서 제자리에서 펄쩍펄쩍 뛰기도 했다. 그러다 바닥에 흐트러져 있던 종이를 밟고 쭉 미끄러져 쿵 넘어졌지만, 아픔도 느끼지 못했다. 그저 집에 갈 방법을 찾았다는 것이 마냥 기뻤다.

"그런데 금강산에는 어떻게 가지?"

태웅은 어느새 배 위에 엎어진 인형을 툭 건드려 보았다. 인형은 더 이상 움직이지도, 빛을 내지도 않았다. 평범한 뜨개 인형일 뿐이었다.

'어쨌든 방법을 알았잖아. 어떻게든 가고 말겠어, 금강산.'

태웅은 인형을 꼭 그러쥐었다.

내가 여자니까!

태웅이 세책점에서 지낸 지도 어느새 사흘이 지났다.

"오늘은 무슨 책을 읽나? 나는 좀 신나는 이야기가 듣고 싶네."

"예전 이야기도 재미있드만. 궁에서 여자들이 그렇게 다투는 줄 몰랐지."

세책점에서는 매일 오후, 해가 한풀 꺾이는 시간대에 마당에서 책 낭독회를 열었다. 점주는 모인 사람들에게 돈을 받고, 그들 앞에서 책을 읽었다. 사람들은 열 명쯤 앉을 수 있는 좁은 마당이 꽉 차도록 모여들었다.

사람들은 책 낭독이 시작되기를 기다리면서 저잣거리에 떠도는 온갖 소문을 주고받기도 했다.

"소문으로 들었는데, 여전히 참판 댁에 글 선생이 드나드는 모양이더군. 그 집도 참 별나. 여식에게 글 선생까지 불러서 공부를

시키고. 금원 아가씨는 언문만 읽을 줄 아는 게 아니라 한시까지
척척 읊는다잖아."

"참판 댁이라 해도 말뿐이지. 지금 바깥양반은 벼슬자리에 오
른 적도 없잖나."

"그랬나?"

"조상 중에 참판 자리 차지했던 이가 한 분 있어 그렇게 부를
뿐이야. 가세도 많이 기울고, 권력도 없을걸. 금원이네를 기적에
서 빼내지 못하고 있는 것도 그래서일 거야. 기적에서 빼내려면
논 한 마지기 비용은 거뜬히 드니까."

"더 이해가 안 되네. 그럼 금원 아가씨도 결국 기생 될 텐데 공
부해서 어디에 쓰려고."

"왜, 예전에 황진이 같은 기생도 시를 아주 잘 지었다고 하지 않
나. 높으신 분들하고 어울리는 기생은 시도 짓고 아는 것도 많아
야 한다더군."

"그래도 쓸데없는 이야기책 같은 거는 그만 읽어야지."

탕, 탕. 어느새 책을 들고 나온 점주가 인상을 쓰며 곰방대로 평
상을 내리쳤다.

"쓸데없는 말들 할 거면 다들 가요, 가."

점주의 노기 어린 호통에 마당에 모여 있던 사람들의 목소리가
잦아들었다.

"뭘 저리 화를 내고 그러나."

"금원 아가씨가 세책점 단골인데 책 그만 읽으라면 점주 듣기에 좋겠어? 자자, 다들 이야기 들을 준비나 하자고."

점주는 평상에 양반다리를 하고 앉아 책을 무릎에 올려 두었다. 크흠, 하고 목소리를 가다듬은 점주는 연극배우처럼 대사를 읊었고, 바람이 나오는 장면에서는 입으로 바람 소리를 내며 손동작을 곁들이기도 했다. 사람들은 금세 점주의 이야기에 흠뻑 빠져들었다.

'저래서 돈을 주고 책 낭독을 듣는 거구나.'

태웅도 감탄했다. 처음에 태웅은 사람들이 왜 돈을 내면서까지 책 읽는 것을 들으러 오는지 이해하지 못했다. 하지만 점주의 낭독은 웬만한 영화만큼이나 재미있었다. 태웅도 잠시 고민을 잊고 점주의 낭독에 빠져들었다.

태웅의 고민. 이무기가 살던 호수, 그곳에 어떻게 갈 것인가.

"오늘은 여기까지. 자아, 다들 내일, 제2장을 기약해 주십시오."

점주의 낭독이 끝나자 짝짝짝, 박수가 터져 나왔다.

"조금만 더 해 주지."

"우리도 이젠 일하러 가야지."

"이거 듣는 한 식경으로 하루 버틴다니까."

마당에 앉아 있던 사람들은 금세 뿔뿔이 흩어졌다.

잠시 후, 한적해진 세책점 마당을 가로질러 온 금원이 가게 문을 열었다.

"아저씨, 저 왔어요."

지난 사흘간, 금원은 매일 낭독회가 끝날 때 즈음 세책점에 왔다.

"이왕 오는 거 낭독회 때 오지 그래? 아저씨 낭독 재미있는데."

"나도 듣고 싶지. 하지만 여자인 내가 거길 어떻게 가."

"왜? 여자인 게 뭐 어때서?"

태웅이 묻자 금원은 한숨을 쉬며 가게 안 평상에 털퍼덕 주저 앉았다.

"너 낭독회 오는 사람 중에 양반댁 여식 본 적 있어? 없지?"

태웅은 지난 사흘간의 낭독회를 떠올려 봤다. 머리를 산발한 일꾼, 모시 적삼을 챙겨 입은 할아버지, 장작을 패다가 온 듯 손에 도끼를 든 사람까지 온갖 사람이 다 모였지만 확실히 여자는 적 었다. 아이를 업은 여자가 눈치를 보듯 사람들 가장 뒤에 서 있거 나, 낡은 옷을 입은 어린아이가 앉아 있거나 할 뿐이었다.

"여자가 이야기책 좋아하면 여자답지 못하다고 떠들어 대거든. 여염집 여자들한테도 그런데, 양반집 여식이 낭독회에 있어 봐. 마을에 소문이 쫙 퍼질걸. 그게 아니더라도 내가 세책점에 자주 드나든다고 흉보는 사람도 많단 말이지. 그깟 소문, 난 신경 안 쓰 면 그만이지만 요즘 어머니 기분이 영 좋지 않단 말이야. 눈치가 보여."

"난 교실에서 책 읽는다고 남자답지 못하다는 말 들은 적 있는 데."

태웅도 금원의 맞은편에 앉았다. 금원은 의아하다는 듯 태웅에게 되물었다.

"책 읽는 게 남자답지 못한 일이라고?"

"그렇게 놀리는 애들이 있었어. 남자답게 축구를 해야지, 책을 읽냐고."

초등학교 5학년 때였다. 금강달에서 관리인 아저씨에게 남자답지 못하다는 말을 들은 후, 태웅은 학교에서도 남자답게 행동하려고 노력했다. 질문에 대답할 때 목소리를 작게 하면 선생님은 "남자는 씩씩하게! 더 크게 말해야지!"라고 했다. 뜀틀을 넘다가 7단 뜀틀에서 우당탕 넘어져 찔끔 눈물이 났을 때는 "남자는 울면 안 되지!"라고 했다. 태웅은 멋진 남자가 되고 싶었기에, 그렇게 했다.

어느 날, 전날 재미있게 읽던 동화책의 결말이 너무 궁금해서 학교에 책을 가지고 가 쉬는 시간에 펼쳤을 때, 같은 반 친구가 말했다.

"김태웅, 뭐 해? 축구 하러 나가자!"

"쉬는 시간에 무슨 책을 읽어? 샌님처럼."

"맞아. 남자는 축구지!"

친구들이 태웅의 자리로 몰려와 와자지껄 떠들었다. 태웅은 읽고 있던 책을 슬그머니 서랍에 넣었다. 그 뒤로는 한 번도 쉬는 시간에 책을 펼치지 않았다.

"거짓말. 책을 읽는 건 군자라면 당연히 해야 할 일인데."

금원이 고개를 갸웃거리는 동안 2층 다락에서 점주가 내려왔다. 점주는 반색을 하며 금원에게 책 한 권을 건넸다.

"금원 아가씨가 좋아할 것 같은 책이 들어왔지요. 자, 한번 보시오."

금원은 점주가 건넨 책을 받아들고 활짝 웃었다.

"아가씨가 기뻐하니 나도 좋네. 그럼 천천히 읽다가 가요, 나는 필사하고 있을 테니. 요즘 부쩍 주문량이 늘어서 손목이 빠질 것 같지 뭐요."

점주는 다시 다락으로 올라갔다. 금원은 깊이 숨을 들이마셔 책 냄새를 맡았다.

"아, 책 냄새 좋다. 여기 오면 살 것 같다니까. 어머니는 날 보면 맨날 수놓기나 배우라고 어찌나 잔소리를 하시는지. 내가 책 읽는 걸 싫어하시거든. 글 배우는 것도 싫어하시고. 아버지 졸라서 간신히 배우는 거야. 아버지가 나한테 무르거든. 몸이 약한 아이에게 너무 엄하게 대하지 말라고 항상 어머니에게 당부하시곤 해."

"왜? 어디가 아픈데? 설마 죽을병이야?"

태웅이 깜짝 놀라 묻자, 금원은 피식 웃으며 손을 내저었다.

"아냐. 큰 병은 아니고 툭하면 체해. 때로는 배만 답답한 게 아니라 가슴까지 꽉 막힌 것처럼 답답해. 약을 먹어도 나아지지 않아. 나는 기억 안 나는데, 아기 때 한두 번 엄청 심하게 체해서 죽는 거 아닌가 싶은 적이 있었나 봐. 아버지는 그 기억 때문에 계속 나를 내일이라도 죽을 애 대하듯 하시는 거고."

금원은 가슴께를 손가락 끝으로 꾹 눌렀다.

"잘 체하니까 밥도 많이 못 먹고. 어머니는 내가 또래보다 키가 작고 삐쩍 말랐다고 걱정하시거든? 근데 내 생각에, 내가 체하는 건 원주에만 머물러 있는 게 답답해서야. 그러니까 살이 붙으려면 금강산 유람을 가야 한다 이거지."

금원이 점주에게 받은 책을 펼쳤다. 손바닥보다 조금 큰 책을 펼치자 먹으로 그린 구불구불한 산맥과 집이 나타났다. 조악한 그림이었지만 무엇인지 한눈에 알 수 있었다.

"이거 지도야?"

"응. 금강산까지 가는 길을 지도로 만든 거야. 금강산 유람 가는 게 내 꿈이거든."

금원이 지도책에 그려진 지도를 손가락으로 가리켰다.

"봐. 금강산에 가려면 여기, 남한강에서 배를 타는 게 좋아. 육로로 가면 시간이 오래 걸리거든. 배 타러 가기 전에 제천하고 단양, 영춘, 청풍을 구경하는 거야. 여기가 충청도 4군이라고, 경치가 좋기로 유명해. 그런 다음 배를 타고 남한강을 거쳐서 북한강까지 가. 그럼 여기, 가평하고 춘천까지 올라가게 되거든."

금원의 손가락이 지도 위로 쭉 미끄러졌다. 몇 번이고 계획을 짜 보았던 듯, 설명에 막힘이 없었다.

"뱃길은 여기까지. 통구부터는 말을 타고 이동해야 해. 산을 올라갈 때는 가마로 갈아타는 경우가 많다더라. 말이 산길에 익숙하지 않으면 사고가 날 수도 있어서라던데, 나는 내 발로 걸어서 올라가고 싶어. 내 발로 금강산의 흙을 밟으면서! 얼마나 신날까!"

태웅은 귀가 번쩍 뜨였다. 금강산이라니.

'금원이 금강산 유람을 갈 때 따라가면 되잖아. 내가 찾는 곳은 이무기가 살았던 호수니 분명 유명할 거야. 일단 금강산 유람만 가면, 호수를 찾는 건 식은 죽 먹기일 거라고.'

집에 돌아갈 수 있는 방법이 이렇게 코앞에 있었다니! 태웅은 어떻게든 금원이 금강산 유람을 떠나게 하리라 결심했다.

"가면 되잖아, 금강산! 왜 계획만 짜?"

태웅의 말에 지도 위를 미끄러지던 금원의 손가락이 딱 멈췄다.

"어머니가 허락해 주실 리가 없어."

"왜? 열네 살밖에 안 돼서?"

"그보다는, 내가 여자니까."

"여자인 게 왜? 내가 살던 시대에는 자전거로 세계 일주를 한 여자도 있어."

자전거로 세계 일주를 한 애니 런던데리. 태웅은 그 이야기를 텔레비전에서 봤다. 1894년, 미국의 부자 상인 두 명이 내기를 했다. 여성이 자전거로 세계를 일주할 수 있을 것인가! 승부를 위해 스물네 살의 애니 런던데리가 선발되었다. 애니는 수많은 구경꾼의 기대를 한몸에 품고 미국 보스턴에서 자전거 여행을 시작한다. 그리고 15개월 동안 프랑스, 인도, 중국 등 사만 이천 킬로미터를 여행했다.

"자전거? 그게 뭔데?"

"이렇게 바퀴 두 개가 달린 거. 사람이 타고 다니는 거야. 애니 런던데리가 살던 시대가 자전거가 대중화되기 시작하던 때였대."

태웅은 평상 바닥에 손가락으로 자전거 모양을 그려 보였다.

"흐음, 잘 모르겠네. 수레 같은 건가? 그리고 1894년? 그건 언젠데?"

"도광 10년이 1830년이라고 했으니깐…… 지금부터 한 육십 년 후?"

금원의 눈이 반짝 빛났다.

"또 이백 년쯤 미래라고 할 줄 알았더니. 좋다, 육십 년! 육십 년만 지나면 여자 혼자 세계 일주를 한단 말이지? 지금만큼은 네가 미래에서 왔단 걸 믿고 싶어."

금원은 잠시간 지도를 들여다보다가, 고개를 끄덕거렸다.

"하긴, 완전 헛된 이야기는 아닐 거야. 제주의 김만덕만 해도 그렇잖아. 여자가, 그것도 제주에 사는 여자가 금강산 구경을 갈 수 있을 거라고 누가 생각이나 했겠어? 하지만 김만덕은 해냈잖아. 그러니 앞으로 육십 년 지나면 여자 혼자서도 배 타고 저 멀리멀리 갈 수 있을지 누가 알아?"

"김만덕? 그게 누군데?"

"너『만덕전』몰라? 그게 얼마나 유명한데!"

금원의 목소리가 살짝 높아졌다.

"지금으로부터 약 이십오 년 전인 정조 17년, 갑인년에 제주에 엄청 심한 가뭄이 들었어. '갑인년 흉년에도 먹고 남은 게 물이었다'라는 말이 있잖아. 갑인년 흉년 때에도 물 인심은 박하지 않았는데, 그 물조차 남에게 주기를 아까워하는 구두쇠라는 뜻이지. 이 속담에 나오는 갑인년이 바로 이때야. 속담으로 남을 정도니 얼마나 심한 가뭄이었겠어? 엎친 데 덮친 격으로 그때 제주에 태풍까지 몰아친 거야. 농사를 망친 건 물론이고, 배로 싣고 오던 식량까지 몽땅 바다 아래로 가라앉았지. 제주에 사는 수많은 사람이 굶어 죽을 위기에 처했던 그때, 김만덕이 '짠' 하고 나타난 거야. 자기 재산을 탈탈 털어 본토에서 쌀 오백 섬을 사 와서 사람들에게 나누어 줬대."

이야기를 하는 금원의 뺨이 점점 발갛게 달아올랐다.

"한양에 있는 왕이 김만덕의 소문을 들었지. 양반도 하기 힘든 일을 객주를 하며 살아가는 일개 아녀자가 했다니 얼마나 기특했겠어. 그래서 네 소원이 뭐냐, 물었지. 김만덕은 벼슬도 돈도 필요 없고, 금강산에 가서 일만 이천 봉을 구경하면 죽어도 여한이 없겠다고 말했어."

"왕이 소원을 들어준다는데 고작 금강산 구경? 그렇게 많은 쌀을 사 와서 나누어 줄 정도면 돈도 많을 거 아냐. 그럼 그냥 금강산 여행을 가면 되는 거 아냐?"

태웅이 묻자 금원은 얘가 뭘 모르네, 하는 듯한 눈빛으로 태웅을 쳐다봤다.

"당시 제주에는 출륙 금지령이 있었어. 제주 사람들은 허가를 받지 않으면 섬에서 절대 나올 수 없다는 법이지."

"뭐? 뭐 그런 이상한 법이 다 있어?"

태웅은 깜짝 놀랐다. 제주도에 사는 삼촌을 보러 작년 여름방학에도 제주도에 다녀온 터였다. 삼촌이 태웅의 집에 와서 자고 간 적도 많았다. 그래서 태웅에게 제주도는 비행기를 타면 언제든 쉽게 오고 갈 수 있는 곳이었다. 그런데 제주도에 산다는 것만으로 섬 밖으로 나올 때 허가를 받아야 하다니? 금시초문이었다.

"삼십여 년 전만 해도 적용되던 법이야. 지금은 폐지되었어. 제주는 옛날부터 귀한 진상품을 많이 바치는 섬이야. 말, 약재, 해산물 등등. 그 많은 진상품을 바치려니 얼마나 일을 많이 해야 했겠어? 그러니 다들 섬에서 도망쳐서 육지로 가려고 했고, 제주에 일할 사람이 부족해진 거야. 그래서 인조 7년에 출륙 금지령을 만든 거지. 한 이백 년 전에 말야. 어쨌든!"

에헴. 금원이 목을 가다듬었다.

"왕은 김만덕의 청을 받아들였어. 그래서 김만덕은 한양에 가서 금강산 유람 갈 채비를 했지. 제주에서 온 여자가 금강산에 가

다니! 정말 멋있지 않니? 내가 김만덕이었다면, 유람을 하면서 멋진 시를 잔뜩 지었을 거야."

두 손을 꽉 마주 잡고 신나게 말하는 금원의 모습은 좋아하는 연예인 이야기를 하는 태웅의 반 친구들과 별반 다를 바 없었다.

"그러니까 너도 금강산에 가면 되잖아."

이때다 싶어 태웅은 다시 금원을 설득하려 했다. 발그스름하던 금원의 뺨에서 갑자기 열기가 사라졌다. 목소리도 시무룩하게 잦아들었다.

"안 될 거야. 얼마 전에도 어머니에게 금강산 유람 가고 싶다고 말했다가 된통 혼났어. 여자가 어디 혼자 여행 갈 생각을 하냐고 말이야. 글공부 선생 붙여 줬더니 허파에 바람이 들었다나. 일부러 아버지가 함께 있을 때 졸랐단 말이야. 아버지는 내 부탁은 웬만한 건 다 들어 주니까. 그런데 아버지도 안 된대. 몸이 약한 아이가 어떻게 금강산까지 가냐고, 얌전히 있다가 시집이나 가래."

"그럼 몰래 가면? 돈이 없어서 안 돼?"

"돈도 돈이지만, 혹시 모를 때를 대비해서 아버지가 허가증을 써 줘야 해. 포졸이 검문할 때 내 여식이 여행하는 것을 허락했다, 이렇게 편지 쓴 걸 가지고 있어야 한다고. 안 그러면 관아에 끌려가서 혼이 날 수 있어."

"허가증? 여행하는데 그런 게 필요하다고? 왜?"

"……내가 여자니까."

"그런 게 어디 있어. 그러지 말고 가자, 응?"

태웅은 조바심이 났다. 금원이 금강산 유람을 떠나지 않으면 태웅 혼자 이무기가 살던 호수를 찾아 나서야 했다. 도저히 그럴 엄두는 나지 않았다.

"한 번 사는 인생이잖아. 하고 싶은 일 안 하면 후회할 거야."

태웅의 말에 금원은 보고 있던 지도책을 탁 덮고는 자리에서 일어났다.

"집에 가야겠다. 또 보자."

"어, 잠깐만……."

금원을 붙잡으려던 태웅은 주춤, 손을 거두었다. 금원의 입술이 시옷 자 모양으로 바뀌어 있었다. 금원은 입가에 힘을 꽉 준 채 뒤돌아섰다.

'왜 화가 난 거지?'

태웅은 어리둥절해져 금원이 떠난 자리만 바라보았다.

내가 만나러 갈게

금원이 세책점에 오지 않은 지 사흘이 지났다.

"무슨 일이 있나? 이제까지 하루도 안 빠지고 왔었는데."

점주가 의아한 듯 중얼거린 혼잣말이 태웅의 가슴을 쿡 찔렀다. 금원이 화를 내며 뒤돌아서던 모습이 눈앞에 어른거렸다.

'찾아가서 왜 화가 났냐고 물어 보자.'

이대로 금원이 오지 않으면 금강산에 갈 수 있는 유일한 방법이 사라져 버린다. 하지만 그냥 찾아간다고 금원이 화를 풀까? 혹시 더 화를 내는 건 아닐까? 태웅은 걱정이 되었다.

'뭔가 금원의 기분을 풀어 줄 선물을 가지고 가면 좋을 텐데.'

하지만 선물을 살 돈이 없었다. 세책점에서 일하는 것으론 먹고 자는 게 해결될 뿐이다.

'금원은 책을 좋아하니깐, 책을 선물하면 좋을 텐데.'

태웅은 책을 정리하고 있는 점주에게 슬며시 물어보았다.

"아저씨, 책 한 권에 얼마나 해요? 빌리는 게 아니라 사는 거요."

"사는 건 비싸지. 여기 있는 책은 모두 내가 필사한 거라오. 그러니 인쇄비가 안 들었지. 목판으로 대량 인쇄한 방각본도 있고. 값싸게 사려면 역시 딱지본이 좋고. 그래도 역시 종잇값이 비싸서 말이오. 3전에서 1냥 정도는 필요하지."

"3전? 1냥? 그걸 제가 벌려면……."

"도령이 벌려면 여기서 일 년 넘게 일해야 하지 않을까."

책은 안 되겠다.

태웅은 책의 먼지를 털며 다시 고민에 빠졌다. 어디선가 까르르, 맑은 웃음소리가 들렸다. 소리가 난 쪽을 보자 여자아이 두 명이 세책점 앞을 뛰어 지나가고 있었다. 길게 땋아 내린 여자아이들의 머리카락을 보니, 뜨개바늘과 뜨개실이 못내 아쉬워졌다.

'뜨개질 도구가 있으면 금원에게 어울릴 머리 장식을 만들어 줄 텐데. 시장에 가 볼까? 그런데 조선 시대에도 뜨개질을 했나?'

그러고 보면 교과서에서 스웨터를 입고 있는 조상님들 그림은 본 적이 없다. 태웅이 한참 고민하면서 다시 책의 먼지를 털고 있는데, 문이 열리며 낭독회 단골인 봇짐장수 두 명이 가게 안으로 들어왔다.

"어쩐 일로 낭독회 전에 오셨소?"

점주가 말을 걸자, 봇짐장수들은 평상에 앉아 짐을 풀어 보였다.

"이거 봐. 곱지? 귀한 비단 실이야. 청에서 흘러들어 온 거지. 이걸 구해 달라고 내 단골 양반집에서 얼마나 성화였다고. 얼른 가져다줘야 해서 오늘 낭독은 못 듣겠어. 그렇지만 그 이야기 뒤가 궁금해서 참을 수가 있어야지!"

"맞아. 그래서 둘이서 돈 모아서 한 권 빌리려고. 우리도 언문은 듬성듬성 읽을 수 있거든."

태웅은 봇짐장수의 어깨너머로 펼쳐진 짐을 보았다. 색색의 비단 실이 곱게 말린 실패가 한가득 쌓여 있었다. 하지만 태웅의 시선을 붙잡은 건 비단 실이 아닌, 보자기 구석에 덩어리져 있는 두꺼운 실이었다. 뜨개질을 할 때 쓰는 실과 비슷한 두께였다. 게다가 뜨개바늘도 함께 놓여 있었다.

"아저씨, 저 실은요?"

태웅이 실을 가리키며 물었다.

"저거? 서양에서 쓰는 실이라던데. 나랑 거래한 상인이 서양 상인에게서 받았다고 하더라고. 이런 나무젓가락 같은 것과 함께. 서양에서는 저걸로 옷을 만든다나. 요즘 청에서 넘어온 신기한 물건들이 양반가에서 유행 중이잖아. 그래서 일단 가져와 봤지. 하지만 나와 거래한 상인도 사용법은 모르더라고. 여기저기 물어봐도 마찬가지고. 그래서 아는 침선비에게 싸게 넘겨 버릴까 고민 중이네."

"그럼 저한테 파세요!"

태웅은 다급히 외쳤다.

"도령이 실을 사려고? 왜? 수라도 놓게?"

"이 사람도 참. 사내가 무슨 수를 놔! 남자답지 못하게!"

봇짐장수들이 껄껄 웃었다. 봇짐장수들의 웃음소리가 커질수록, 태웅의 얼굴은 점점 더 새빨개졌다.

'조선 시대에도 남자가 뜨개질하는 건 이상한 일인가 봐.'

얼굴로 피가 모두 몰린 듯했다. 창피한 기억이 태웅의 머릿속을 가득 채웠다. 당장 어디로든 도망치고 싶었다.

"그게 어때서?"

점주의 한마디에 봇짐장수들의 웃음소리가 뚝 끊겼다.

"궁에서 수놓는 분들이 일하는 상의원에 남자도 있다는 거, 모르나? 그리고 저기 평안도 안주에는 남자 장인들이 아주 인기라고 하더군. '안주수'라는 수가 명성이 자자한데, 그걸 남자들이 많이 놓는다는 거야. 수 잘 놓으면 궁에 불려 가서 팔자 고칠 수도 있는 거라고. 자네들처럼 시대에 뒤떨어진 사람들이야 남자가 무슨 수를 놓느냐고 비웃으면서 배 쫄쫄 굶겠지만."

이번에는 봇짐장수들의 얼굴이 붉게 달아올랐다.

"모를 수도 있지, 뭘 그리 무안을 줘?"

"에잇, 빨리 책이나 주쇼. 우리 바빠. 이만 갈라네."

봇짐장수들이 투덜거리며 짐을 챙겼다.

"그 서양 실은 두고 가시오. 책 대여비 안 받을 테니까."

"그러오? 그럼 뭐, 여기 있소. 받으쇼, 도령."

봇짐장수가 짐 속에서 실과 바늘을 꺼내 태웅에게 건넸다.

봇짐장수들이 가게를 나가자, 점주는 태웅의 어깨를 토닥였다.

"신경 쓰지 마시오. 어디든 무례한 자들이 있게 마련인지라."

"……감사합니다."

태웅은 건네받은 실과 바늘을 꽉 움켜쥐었다. 점주가 고마웠다. 점주의 '그게 어때서'라는 말은 꼭 시원한 바람 같았다. 태웅의 얼굴만 식혀 준 것이 아니라, 머릿속의 창피함까지 몰아내 주었다.

'맞아. 그게 어때서? 남자가 뜨개질하는 게 뭐 어때서.'

금강달에서 타박을 쳤던 관리인 아저씨를 만나면 말해 주리라. 조선 시대에도 남자가 수를 놨다고. 그러니까 남자가 뜨개질하는 건 전혀 이상한 게 아니라고. 그러면 아저씨는 어떤 표정을 지을까? 상상만으로도 통쾌했다.

'……일단 집에 돌아가야 가능한 일이겠지만 말이야.'

태웅은 뜨개바늘에 실을 꿰었다. 실도 거칠고 뜨개바늘도 원래 쓰던 것보다는 못했지만, 그래도 쓸 만했다. 손을 풀 겸 둥그런 기둥코 사슬을 만들고, 그 사이로 실을 빼냈다. 뜨개바늘이 태웅의 손에서 춤추듯이 움직이며 실로 둥그런 형태를 만들어 냈다. 점주는 빠르게 움직이는 태웅의 손을 넋을 놓고 바라보았다.

"매듭짓기랑 비슷한가 싶으면서도 다른 것이 참 신기하네. 도령은 이 도구 쓰는 법을 어떻게 알고 있소?"

점주의 감탄에 태웅은 흠칫 놀라 손을 멈췄다.

'아차, 그러고 보니 방금 봇짐장수들도 뜨개바늘을 어떻게 쓰는지 모른다고 했지.'

봇짐장수들과 점주의 말에서 유추해 보면, 조선 시대 사람들은 뜨개질을 하지 않았던 듯했다. 태웅은 점주의 눈치를 살피며 어물어물 말을 지어냈다.

"그…… 예전에 먼 서양에는 이런 실뜨기가 있더라는 글을 읽은 적이 있어요. 제가 자수 놓는 거에 관심이 많거든요. 남자가 무슨 자수냐고 하실지 모르지만, 좋아해서요. 그래서 그 글을 읽고 어떤 식으로 뭘 만드는 걸까, 머릿속으로 막 상상해 보고 그랬죠. 하도 많이 상상했더니 진짜 만들어 본 적 있는 것처럼 손에 착 붙네요."

"남자가 무슨 자수라. 혹시 집에서 반대하여 집을 나온 것이오?"

"그런 건 아니지만……."

태웅은 말끝을 흐렸다. '이백 년 후의 세계에서 왔는데, 그때도 남자가 수놓고 뜨개질하는 걸 이상하게 여기거든요'라고 솔직하게 털어놓을 수는 없는 노릇이었다. 아무리 사람 좋은 점주라도, 태웅이 그렇게 말하는 순간 미친놈이라며 내쫓을 것이었다.

"혹시 그런 거면, 내 지극히 사적인 이야기 하나 들려 드리리다."

태웅의 어물거림을 긍정의 뜻으로 받아들인 듯, 점주는 말을 이어 나갔다.

"예전에, 한 십여 년 전에 병이 돌았소. 평안도와 황해도에서 시작되어서 금세 전국에 퍼졌지. 그 병에 걸리면 설사와 구토를 하면서 미라처럼 온몸이 바짝 말라 죽게 되는 거요. 병의 원인을 알 수가 없어 '괴질'이라고도 부르고, 병에 걸리면 그 아픔이 호랑이가 온몸을 찢는 것 같다 하여 '호열자'라고도 불렀다오. 나라에서는 제사를 지내고, 구휼소를 만들고, 역병의 치료법을 담은『벽온방』이라는 책을 만들어서 배포하기도 했소. 그 병을 쥐가 퍼트리는 것이라 하여 고양이 그림을 그려서 문에 붙여 놓기도 하고.

그래도 소용없었다오. 수만 명이 죽었소. 못 살고, 못 먹는 사람들이 더 많이 병에 걸렸고 더 많이 죽었지. 출막이라고, 성 밖에 임시 시설을 두고 감염자를 거기에 몰아 뒀다오. 거기는 그야말로 지옥이었어."

그때를 회상하는 듯, 점주의 미간에 깊은 주름이 만들어졌다.

"……내 딸도 그때 호열자에 걸렸소. 나는 본래 황해도 출신이오. 나도 금원 아가씨처럼 얼자지. 친부 되는 양반이 돈이 좀 있어 나를 노비 명부에서 빼 주었다오. 그래도 잡과도 못 볼 팔자 아니오."

얼자. 태웅은 홍길동을 떠올렸다. 양반과 첩 사이에서 태어나 아버지를 아버지라고 부르지 못하는 한을 지녔던 조선 시대의 영웅!『홍길동전』을 재미있게 읽은 덕에 태웅은 조선 시대의 신분에 대해 잘 알고 있었다.

조선 시대의 신분은 크게 네 가지로 나뉘었다. 관료 문반과 무반을 뜻하는 양반, 서얼을 포함한 중인, 농민이 포함된 대다수 사람이 속한 상인, 노비와 백정 등 가장 낮은 계급인 천민. 그중 얼자는 양반의 자손 중 천민 출신인 첩이 낳은 자식을 뜻한다. 똑같은 첩의 자식이라도 어머니의 신분이 양반이나 상인이면 서자로 분류되었고, 천민이면 얼자로 분류되었다. 서자는 과거 시험을 볼 수 있었지만 얼자는 볼 수 없었다. 아버지의 신분이 아닌 어머니의 신분을 따르는 노비종모법 때문이었다. 홍길동도 얼자였다. 그래서 그렇게나 무술을 잘하는데도 장군이 될 수 없었다.

　"다행히 내가 장사에 소질이 좀 있었소. 책쾌를 하기 전에는 청을 오가면서 이것저것 떼다 팔았지. 그러다 혼인을 했는데, 아내는 아이를 낳다가 세상을 뜨고 아이만 남았지. 그 딸애가 참으로 영특했소. 글을 배우고 싶어 했는데 여자아이가 많이 배워 뭐 하나 싶어 언문만 가르쳤지. 그랬더니 내 방에 있는 책을 가져다가 혼자 보면서 천자문을 다 뗐지 뭐요. 셈도 곧잘 해서, 내 일을 돕기도 했소. 내 뒤를 이어서 상인이 되겠다고 말하곤 했지. 그래도 나는 공부 가르쳐 달라는 딸애 부탁을 안 들어줬소. 여자가 아는 게 너무 많으면 여자답지 못하다는 말 듣지 않소? 그럼 좋은 혼처를 못 구할 것 같았다오. 그때 나는 여자아이야 좋은 데 시집 잘 가는 게 최고라 여겼소."

　점주는 실뭉치에서 눈을 떼고 마당 한쪽을 바라보았다. 태웅의 눈도 점주의 시선을 따라갔다. 그곳에는 하얗고 작은 꽃이 무리지어 피어 있었다. 꽃은 태웅이 뜬 꽃장식과 무척 닮아 보였다. 점주는 태웅의 손에서 뜨개 장식을 가져가 만지작거렸다.

"딸애는 죽었소. 딸애 죽을 때 나이가 지금 금원 아가씨 나이였지. 나라에서 내려 준 방침대로 온갖 약을 다 먹어 봤소. 굿도 하고, 고양이 그림도 붙이고, 부적도 쓰고……. 별별걸 다 해도 소용이 없었소."

점주의 목소리 끝이 미세하게 떨렸다. 점주는 잠시 말을 멈췄다가, 다시 입을 열었다.

"나중에 정약용이란 양반이 북경 엽동경에서 약방문을 얻어 왔다 들었소. 호열자는 그때까지의 병과 사뭇 달라 그때까지 쓰던 약으로는 치료가 안 된다고, 새로운 조제법을 알아내 왔다 하더이다. 허탈했소. 딸애가 병에 걸렸을 때 누구 한 명이라도 그때까지의 치료법과 전혀 다른 무언가를 시도해 보았다면, 딸애의 인생이 달라질 수도 있었겠단 생각을 떨칠 수가 없더군."

점주는 태웅에게 뜨개 장식을 돌려주며 태웅의 머리를 가볍게 쓰다듬었다.

"난 지금도 후회한다오. 딸애가 공부하고 싶다 할 때 마음껏 시킬걸, 하고. 여자답지 못한 게 무어라고. 그럼 좀 어떻다고. 그러니 도령도 남자답지 못하다, 그런 말 신경 쓰지 말고 하고 싶은 거 하시오. 그런 말 신경 안 쓰고, 능력껏 이것저것 시도해 보는 사람이 있어야 세상이 좀 바뀌지."

태웅은 고개를 끄덕였다. 마당에 핀 하얀 꽃들이 바람에 작게 흔들렸다. 태웅은 꽃들을 보며 물었다.

"저 꽃 이름이 뭐예요?"

"별꽃. 봄에 어디서든 흔하게 피는 꽃이지만, 특별한 꽃이오. 저 꽃을 지니면 건네준 사람과의 추억을 절대 잊지 않는다는 이야기가 있다오."

✳

뜨개바늘이 한가운데 둥그런 원을 통과했다. 태웅은 처음 코를 시작한 부분으로 돌아가 한 번 더 빼뜨기를 하고 실을 잘랐다. 마지막 꽃잎 완성이다.

"하나, 둘, 셋, 넷…… 다섯 개."

태웅은 작게 뜬 다섯 개의 뜨개 꽃을 하나씩 손바닥 위에 올렸다. 동그란 원을 중심으로 다섯 개의 꽃잎이 올망졸망 달린, 오백 원짜리 동전만 한 크기의 뜨개 꽃이었다. 태웅은 다섯 개의 뜨개 꽃을 하나로 엮은 후, 끈처럼 묶을 수 있는 긴 실만 남겨 놓고 남은 실을 정리했다. 봄꽃을 본떠 뜬 뜨개 꽃다발이 완성되었다.

"아저씨, 저 잠깐 나갔다 올게요."

태웅은 점주에게 말하고는 세책점을 나섰다.

'금원, 집에 있겠지?'

금원이 세책점에 오지 않은 지 닷새째. 태웅은 하루 내내 열심히 뜬 뜨개 꽃장식을 품에 넣고 금원의 집으로 향했다.

저잣거리를 벗어나자 심장이 점점 요동을 쳤다. 태웅은 일부러 팔을 크게 흔들며 걸었다. 하지만 맞은편에서 기다란 육모 방망이를 허리춤에 찬 포졸이 다가오는 것을 본 순간, 앞뒤로 움직이던 팔은 딱 멈춰 버렸다. 태웅은 금방이라도 얼어붙을 것 같은 발을 애써 움직였다. 멈추면 더 의심받을 터였다. 포졸은 태웅을 스쳐 지나가며 힐끔, 곁눈질로 태웅을 봤다.

포졸이 지나가자마자 태웅은 떨리는 손으로 머리에 쓰고 있던 두건을 다시 한번 꽉 동여맸다. 긴장한 탓에 손바닥이 땀으로 축축했다. 머리카락이 짧다는 것을 들키면 금방이라도 관아에 잡혀갈 수 있었다.

'지금이라도 세책점으로 돌아갈까?'

태웅은 고개를 마구 가로저었다. 그러고는 다시 마을로 향했다. 하천 옆에 앉아 빨래를 하고 있던 여자들 몇몇이 자신을 보곤 무언가 소곤거리는 것 같았다. 지게를 지고 가는 남자의 눈초리도 어쩐지 매섭게 느껴졌다.

'기분 탓이야, 기분 탓.'

애써 마음을 다잡으며 마을 입구에 들어선 태웅의 발걸음이 우뚝 멈췄다. 금원의 집이 어디인지 기억나지 않았다. 어두운 밤에 마당 나무 위에 떨어져 다음 날 아침에 도망치듯 나온 탓이었다. 그나마도 금원이 이끄는 대로 걸어서, 담장을 따라 걸었다는 것 외에는 도저히 위치가 기억나지 않았다.

'저 집인가? 아니면 저 집? 기와집이었나? 담장 모양이 어땠더라?'

머릿속이 새하얘졌다. 다리에 힘이 풀려 금방이라도 주저앉고 싶었다. 한낮을 넘긴 시간대의 마을은 한적하고도 조용했다. 마을로 오는 중에는 그나마 간간이 사람을 마주쳤는데, 마을 안에는 오히려 사람이 없었다. 아마 대부분 일을 하러 나간 듯했다.

'어쩌지? 금원의 집을 어떻게 찾지?'

태웅은 무거운 발을 끌며 마을 안으로 들어갔다. 덤불이 무성한 담장을 따라 걷는데, 어디선가 노랫소리가 들려왔다.

물레 물레 내 물레야
병도 없이 잘도 도네
오늘도 내 친구 내일도 내 친구
물레 물레 내 친구야

할머니가 뜨개질을 할 때 가끔씩 흥얼거리던 노래였다. 할머니의 어머니, 그러니까 태웅의 증조할머니도 불렀다던 단조로운 리듬의 노래. 할머니가 이 노래를 부를 때면 태웅은 "물레가 뭐예요?"라고 묻곤 했다. 그리운 노랫소리에 자석처럼 이끌린 태웅은 노래가 들리는 방향으로 걸어갔다. 한 초가집 마당에 할머니 셋이 모여 앉아 물레를 돌리고 있었다.

'저게 물레구나.'

태웅은 저도 모르게 초가집 안을 빤히 들여다보았다.

"얘, 너 누구니?"

머리를 흰 삼베 천으로 감싼 할머니가 태웅을 발견하고는 물었다. 태웅은 깜짝 놀라 도망치려 했다. 하지만 할머니는 어느새 태웅의 앞에 서 있었다.

"저, 저는 사람을 찾으러 왔는데요……."

태웅이 겁에 질려 말을 더듬자, 할머니는 빙긋 웃더니 태웅의 손을 잡았다. 그리곤 태웅의 새끼손가락에 들고 있던 실을 리본 모양으로 묶었다.

"실이 네가 찾아야 할 사람한테 데려다줄 거다."

이 실이? 태웅이 자신의 새끼손가락에 묶인 실을 들여다볼 때였다.

"두고 봐요! 내가 이거 하나 못 해 오나!"

마을 어딘가에서 익숙한 목소리가 울려 퍼졌다. 금원의 목소리였다. 태웅이 놀라 뒤돌아본 순간, 금원이 나는 듯 빠르게 달려 태웅의 옆을 스쳐 지나갔다. 금원은 태웅을 보지 못한 듯했다.

"어서 가 봐라."

할머니가 태웅의 등을 툭 떠밀었다. 그것을 신호로 태웅은 금원의 뒤를 따라 뛰었다. 뛰다가 초가집 쪽을 뒤돌아보니 물레를 돌리던 세 할머니는 어느새 사라지고 없었다.

'내가 귀신에 홀렸나?'

하지만 지금은 금원을 쫓아가는 데 집중해야 했다. 태웅은 금원의 뒤를 따라 다시 마을을 벗어났다.

어떻게든 가고 만다!

태웅과 금원의 거리는 좀처럼 좁혀지지 않았다. 앞서 달리는 금원의 댕기 머리가 따라오라고 손짓하는 듯 흔들렸다. 금원은 마을을 벗어나 하천을 따라 맹렬히 뛰었다. 치맛자락을 휘날리며 저잣거리까지 한 번도 쉬지 않고 뛰어서 세책점 앞에 도착했다.

금원은 세책점 안으로 들어가자마자 마당에 놓인 평상에 털썩 주저앉았다. 금원을 겨우 쫓아온 태웅도 그 옆에 앉았다.

"태웅아, 네 말이 맞아. 금강산에 가야겠어, 어떻게든!"

태웅이 옆에 앉자마자, 금원은 태웅을 향해 고개를 돌리며 결연히 외쳤다. 금원의 눈가는 새빨갛게 짓물러 있었다.

"그동안 안 와서, 나한테 화난 줄 알았어."

"뭐? 아냐. 그때 화가 났던 건 맞는데……. 너한테 난 게 아니라 나한테, 나 자신한테 화가 났던 거였어. 네가 그랬잖아. 한 번 사는 인생인데, 하고 싶은 일 안 하면 후회할 거라고. 나도 그렇게 생각해. 생각하지만……."

점주가 금원에게 물을 가져다주었다. 금원은 단숨에 물을 들이 켰다. 거칠게 몰아쉬던 숨이 그제야 가라앉았다.

"너 잘 뛰더라."

"뛰지 않고는 버틸 수가 없었어."

탕! 금원은 소리가 나게 그릇을 마루에 내려놓았다.

"어머니가 동생이 혼인할 상대를 정했어."

"뭐? 너 열네 살이라며. 동생은 몇 살인데?"

"열세 살."

태웅은 깜짝 놀랐다. 열세 살 여자아이가 결혼을 한다고? 하지 만 금원은 그게 뭐가 이상하냐는 듯 태웅을 바라보았다.

"바로 혼인하는 건 아니야. 법적으로 여자는 열네 살부터 혼인 이 가능하지만, 아버지도 열여섯쯤에 보내는 게 좋겠다고 말씀하 셨대. 하지만 좋은 혼처를 찾아야 하니까 미리 알아보는 거지. 나 와 동생은 얼녀란 말이야. 기생의 딸이지. 좋은 혼처를 못 찾으면 기적에 들어가서 기생이 되어야 해. 어머니가 그건 질색하시거든. 그래서 혼처를 빨리 정하려는 거야."

금원은 짧게 한숨을 내쉬었다.

"이제까진 몸이 약하다는 핑계로 혼인 이야기를 미뤄 왔어. 그 런데 어머니가 동생 혼처를 정하는데 나를 가만 놔둘 수는 없다고 아버지를 재촉했다지 뭐야. 세책점에 마지막으로 왔던 날 말이야, 집에 돌아갔더니 여쾌가 와 있었어."

"여쾌?"

"혼처를 찾아 주는 사람 말이야. 중매쟁이."

금원은 작정을 했다. 여쾌에게 밉보여서 혼처를 찾아 줄 마음이 싹 가시게 만들겠다고. 그래서 일부러 여쾌 앞에서 말을 험하게 하고, 다리를 쩍 벌려 앉고, 혼인을 하면 사치를 마음껏 일삼을 거라고 떠들어댔다. 그 모습을 바라보던 어머니의 표정은 점점 험악해졌다. 여쾌가 돌아간 후, 어머니와 금원은 심한 말싸움을 했다.

"혼인을 하면 난 아무 데도 못 갈 거야. 남편과 함께 다니지 않는 한, 여자 혼자 여행은 꿈도 못 꾼다고! 만약 남편이 내가 글공부하는 걸 못마땅해하면 책도 읽지 못하게 되겠지. 끔찍해. 어머니에게 그렇게 말을 했어."

거기까진 괜찮았는데 결정타는 이거였어, 라며 금원은 잠깐 머뭇거렸다.

"……그럴 바에는 차라리 기생이 되겠어. 기생은 자유롭게 돌아다닐 수라도 있잖아, 라고 했거든."

얼굴이 새파랗게 질린 어머니는 결국 금원에게 벌로 외출 금지령을 내렸다. 그래도 금원은 물러서지 않고 금강산 유람을 가겠노라고 선언했다.

"내가 왜 그렇게 금강산에 가고 싶어 하는 줄 알아?"

"금강산이 보고 싶으니깐……?"

"물론 그것도 있지. 하지만 그뿐만은 아니야. 예전에 봇짐장수가 우리 집에 찾아와서 떠드는 걸 들었는데, 금강산 근처에 특이한 사내가 있대."

금원은 비밀 이야기라도 하듯 목소리를 낮추어 소곤거렸다.

"그 사내는 금강산 유람 길을 어슬렁거리는데, 소원을 이루어주는 거울을 가지고 있다는 거야. 뜬구름 잡는 소문이라는 건 알아. 그래도 혹하잖아."

"소원을 이루어 주는 거울……?"

"그래. 혹시 아니? 그 거울이 있으면, 너도 집에 갈 수 있을지도."

"금원아, 나, 집에 가는 방법 알아."

태웅은 금원에게 이무기가 살던 호수 이야기를 털어놓기로 결심했다. 금원의 도움을 받으려면 솔직하게 말하는 게 최고이지 싶었다.

"……한밤중에 갑자기 인형이 움직여서 책을 찾았고, 그 책에 집으로 돌아가는 방법이 적혀 있었다고? 이무기가 살던 호수를 찾으라는? 너 꿈 꿨니?"

"왜 안 믿어?"

태웅은 품 안에서 인형을 꺼내 자신의 손바닥 위에 올려놓았다.

'움직여라, 움직여.'

인형이 움직이면 금원이 태웅의 말을 쉽게 믿어 줄 터였다. 하지만 태웅의 바람과는 다르게, 뜨개 인형은 꼼짝도 하지 않았다.

"이게 움직였다고 하면, 너 같으면 믿겠니?"

"……잠깐만 기다려! 증거가 있어."

태웅은 2층 다락으로 뛰어 올라갔다.

'책을 보여 주면 믿어 줄 거야.'

태웅은 이불 아래 손을 넣어 뒤적였다. 없었다. 분명히 이불 아래에 책을 숨겨 놓았는데, 아무리 뒤져도 손에 잡히는 것이 없었다. 태웅은 이불 끝자락을 양손으로 잡고 탈탈 털었다. 나중엔 아예 이불을 한쪽으로 치우고 바닥을 살폈지만, 역시나 책은 나오지 않았다. 바닥에 쌓여 있던 먼지만 자욱하게 피어오를 뿐이었다. 콜록, 태웅은 기침을 하며 다락에서 내려왔다.

"분명히 책이 있었는데……."

그 사이 금원은 평상에 벌렁 드러누워 있었다. 손에 작은 손수건 크기의 천 조각을 움켜쥔 채였다.

"그건 뭐야?"

"어머니가 말이야, 내가 쉽게 물러서지 않으니까 조건을 내걸더라. 그게 이거야."

태웅은 금원의 손에서 천 조각을 받아 들어 살펴보았다. 천에는 꽃과 나비가 그려져 있었고, 한쪽이 자글자글 구겨져 있었다.

"이걸 다 수놓으면 가도 된대! 말이 되니, 이게!"

금원은 드러누운 채 두 발을 동동 구르며 짜증을 냈다.

"내가 수를 얼마나 못 놓는지 어머니도 알면서! 이건 가지 말라는 말이랑 똑같은 거라고! 닷새 동안 집에서 꼼짝도 안 하고 수놓은 게 그거야."

"왜 자수를 놓으면 여행 가는 걸 허락해 준다는 거야?"

"그것도 몰라? 어쩔 수 없네. 내가 알려 줄게."

금원이 벌떡 일어나 자세를 고쳐 앉았다.

"자수를 잘 놓는 건 결혼을 할 준비가 되었다는 증거야. 남편이 벼슬자리에 나가면 관복을 입을 거 아니니? 그럼 작은 비단 헝겊에 수를 놓아서 관복의 가슴과 등에 달거든. 내가 이런 벼슬자리에 있는 사람이오, 하는 걸 보여 주는 거지. 그렇게 중요한 거에 수 놓는 걸 어디 남에게 맡기겠니. 아내가 해야지. 그뿐인가? 아이를 낳으면 아이를 악귀에게서 보호해 줄 수도 놓아야 해. 그래서 시부모께 보낼 예단에 직접 수를 놓아 보내는 거야."

으쓱거리며 지식을 뽐내던 금원의 어깨가 축 처졌다.

"어휴, 어릴 때부터 자수를 잘 놓아야 시집가서 사랑받는다는 말을 귀에 딱지가 앉도록 들었어. 하지만 난 이해가 안 돼. 자수 좀 못 놓아도 잘 살면 되는 거 아냐?"

태웅은 천의 구겨진 부분을 손바닥으로 눌러 폈다. 꽃잎을 수놓으려 했던 듯, 그 부분에 바늘구멍이 숭숭 나 있었다.

"너 진짜 수 못 놓는다. 나한테 줬던 손수건, 그것도 네가 수놓은 거지?"

"……맞아. 도저히 안 될 것 같아서 다른 숙제로 바꾸어 달라고 했다가 매몰차게 거절당했어. 너무 화가 나서 어머니에게 소리 지르고 집에서 뛰쳐나온 거야. 어쩌지? 이럴 줄 알았으면 수놓는 연습 좀 열심히 할걸. 내 실력으로는 한 달이 아니라 일 년이 지나도 그거 완성 못해."

금원의 말대로, 이 실력이라면 일 년이 지나도 자수가 완성되는 일은 없을 터였다.

'하지만 나라면……'

태웅은 빙긋 웃었다.

"나한테 맡겨."

그렇게 말하는 태웅의 표정에는 자신감이 넘쳐흘렀다.

＊

"됐어! 허락받았어!"

세책점 안으로 뛰어들어 오는 금원의 얼굴은 잔뜩 상기된 채였다. 조마조마하게 결과를 기다리고 있던 태웅도 만세를 불렀다.

"태웅이 네 덕분이야. 네가 수놓아 준 걸 들고 갔더니 어머니 눈이 이렇게 커졌다니까? 아버지도 보시곤 수를 이렇게 잘 놓으면 이미 어른이라고 칭찬하셨어. 금강산 유람도 내가 원하는 대로,

혼자서 가도 된다고 하셨다고!"

태웅은 지난 나흘간의 고생이 싹 씻겨 나가는 듯했다. 그동안 손가락 끝의 감각이 없어지도록 수를 놓고 또 놓아 금원의 과제를 완성한 터였다.

"다행이야. 아버지가 시동이라도 데려가야 한다고 우겼어 봐. 너랑 같이 가려면 또 온갖 꾀를 내야 할 뻔했어. 우리 오늘부터 아주 바빠. 준비할 게 엄청 많단 말이야. 부모님이 마음을 바꾸기 전에 얼른 떠나야 하니까 서둘러야 해."

금원은 메고 온 커다란 보자기 안에서 척척, 옷을 꺼냈다.

"자, 네가 입고 갈 옷도 챙겨 왔어."

태웅은 금원이 꺼낸 옷을 살펴보았다. 긴 바지 아래를 끈으로 묶게 되어 있는, 태웅이 익히 알고 있는 한복이었다. 처음 보는 건 모자였다.

"이건 뭐야?"

태웅은 짚을 엮어 만든 모자를 집어 들어 머리에 써 보았다.

"그건 초립. 머리에 쓴 후에 거기 달린 끈을 턱에 묶어서 고정하는 거야. 두건은 말을 타다 보면 벗겨져서 머리 짧은 거 들킬 수도 있잖아. 나도 그거 쓸 거야."

"……응? 뭐라고?"

"왜 그렇게 놀라? 나도 초립 쓴다는 것 때문에? 남장할 거야. 아무리 아버지가 허가증을 써 주어도, 여자가 여행을 하는 건 쉬운 일이 아니야. 요즘처럼 도적 떼가 극성을 부릴 때는 더욱 그렇지. 남장을 하고 가는 게 안전해."

"아니, 그러니깐……."

"물론 어머니는 반대하셨지! 어머니는 여자가 남장을 하면 큰일 나는 줄 알아. 하지만 말이야, 난 말을 탈 때도 말군을 입는 것보다 남장을 하는 게 더 좋다고 생각해. 굳이 앞과 뒤가 터진 바지를 치마 위에 또 껴입을 필요가 뭐가 있어? 거치적거릴 뿐이지. 『어유야담』에도 남장한 여자 이야기가 나온다고. 임진왜란이 일어났을 때 말이야, 홍도라는 여성이 있었어. 그는 정 씨 남성과 혼인을 해 오순도순 지내고 있었지. 그런데 전쟁이 나고, 남편이 군대로 징집되었지. 그러고는 칠 년이 넘도록 돌아오지 않았어. 홍도는 남편이 너무 보고 싶었어. 그래서 남장을 하고 군대에 자원해. 남편을 찾으러! 그뿐만이 아니야. 송나라 때는 병약한 아버지가 군대에 끌려가게 되자 대신 가겠다며 남장을 한 딸의 이야기가……."

"스톱! 그게 아니야!"

태웅의 외침에 줄줄줄 이어지던 금원의 말이 뚝 끊겼다.

"스…… 뭐? 그건 무슨 뜻이야? 어느 나라 말이니, 그게."

"이건 영어. 그러니깐 서양 말. 미래에서는 많이 써. 아니, 이게 중요한 게 아니라……."

"서양 말이라고? 그런 말 쓰니까 너 진짜 미래에서 온 것 같다.

순간 믿을 뻔했어."

"그게 중요한 게 아니라! 나 말 못 타!"

태웅의 외침에, 한순간 태웅과 금원 사이에 정적이 내려앉았다.

"……말을 못 탄다고?"

금원은 믿을 수 없다는 듯 중얼거렸다. 뜨악한 금원의 표정에, 태웅은 변명하듯 말했다.

"내가 사는 곳에선 말 탈 줄 아는 열네 살이 더 드물거든?"

"미래에서 왔다는 건 못 믿겠지만, 청에서 온 게 아니란 건 확실하네. 청에서 온 사람이 말을 못 탈 리가 없지. 가만, 너 발 좀 봐."

금원은 평상에 앉아 있던 태웅의 발목을 턱 잡아 평상 위에 올렸다. 태웅은 새까만 발바닥이 부끄러워서 발가락을 꼼지락거렸다. 발을 다시 평상 아래로 내리려 했지만, 발목을 붙잡은 금원의 손힘이 너무 세서 꼼짝도 할 수 없었다.

'애는 왜 이렇게 힘이 세?'

태웅의 부끄러움은 알 바 아니라는 듯, 금원은 태웅의 발바닥을 유심히 들여다보았다.

"발바닥에 굳은살이 하나도 없네. 태웅아, 너 걷는 건 잘 하니?"

"걷는 거?"

"하루에 백 리쯤 걸을 수 있어?"

백 리? 백 리가 몇 킬로미터지? 도저히 감이 잡히지 않았다. 태웅이 어물어물하며 대답을 하지 못하자 금원은 답답하다는 듯 재차 물었다.

"해가 중천에 떴을 때부터 한밤중까지 계속 걸을 수 있냐고. 반나절쯤."

"뭐? 절대 무리지! 그렇게 걸을 수 있는 사람이 어디 있어!"

태웅은 뜨악한 표정으로 고개를 가로저었다. 금원은 푹 한숨을 내쉬었다.

"말도 못 타, 잘 걷지도 못해. 그럼 나랑 어떻게 같이 가려고?"

태웅은 말문이 막혔다.

사실 태웅에게 금강산은 익숙하지만 낯선 곳이었다.

"금강산 찾아가자, 일만 이천 봉……."

할머니는 뜨개질을 할 때면 종종 동요〈금강산〉을 불렀다. 그리고 가게 한쪽 벽에는 금강산 그림이 걸려 있었다. 그림이 무척 멋져서, 태웅은 "금강산에 가 보고 싶어요!"라고 할머니에게 조르기도 했다. 금강산이 북한에 있다는 것, 북한은 휴전선에 가로막혀 갈 수 없다는 것을 알기 전인 아주 어릴 때의 일이다.

가 본 적은 없어도 익숙한 곳, 금강산. 그렇기에 태웅은 금강산까지 가는 길이 얼마나 멀지 더더욱 실감이 나지 않았다. 하물며 이곳은 조선이다. 자동차도 비행기도 없는 곳. 길도 반듯하게 정비되어 있지 않을 것이다.

"방법이 있어."

금원이 딱, 하고 손가락을 공중에 튕겼다.

"김태웅, 너 여장해라!"

"안 해!"

왜 또 여장이야! 태웅은 정색하며 화를 냈다. 하지만 이번에는 금원도 만만치 않았다.

"안 하면 어쩔 건데! 네가 여장을 해서 가마를 타고, 내가 남장을 해서 네 시종인 것처럼 말을 타고 따라간다. 이것 이상의 방법이 있어? 남한강에 도착할 때까지만이라도 가마를 타고 가는 게 너한테도 편해."

"꼭 여장을 해야 가마를 탈 수 있는 건 아니잖아."

"얘, 가마는 비싸. 사람이 이고 져야 하는 거라고. 인건비만 해도 얼마인 줄 아니? 말 한 필 빌리는 것과 다르다고. 아버지에게 그만큼의 여비를 더 달라고 해야 한단 말이야. 네가 여장이라도 해야 내 친구인데 같이 가려고 한다, 이 애는 몸이 약해서 가마를 타야 한다고 조를 수라도 있다고."

"그래도…… 그래도 여장은 싫어! 절대 안 해!"

태웅과 금원은 서로를 노려보았다. 파지직. 두 사람 사이에 불꽃이 튀었다.

"너, 왜 그렇게까지 여장이 싫은 건데?"

"……"

태웅은 아랫입술을 잘근잘근 깨물었다. 그날 이후 머릿속 한쪽에 꽉꽉 밀어 넣은 기억이 뚜껑을 열고 밖으로 걸어 나오려 하고 있었다.

"태웅아, 난 네가 어디에서 왔는지는 신경 안 써. 진짜 미래에서 왔든, 대한민국이란 먼 외국에서 왔든, 난 널 믿어. 믿고 싶고. 그러니까 너도 나한테 숨기는 게 없어야 해. 그래야 나도 널 도와줄 수 있잖아."

태웅은 아랫입술 깨물던 것을 멈췄다.

'그래, 여기는 조선이야. 집에 돌아가면 다시는 금원과 만날 일이 없어. 내가 털어놓는다고 해서 소문을 낼 사람도 없어. 엄마나 할머니 귀에 들어가는 건 아닐까 걱정하지 않아도 되잖아. 그러니깐…… 그러니깐, 말해도 되지 않을까?'

사실은, 누구에게든 털어놓고 싶었다. 그날의 일을.

"……얼마 전에 중학생이 되었거든."

태웅은 꿀꺽, 마른침을 삼키고 입을 뗐다. 그리곤 어렵게 한 어절씩, 그날의 일을 이야기했다. 등교 거부를 하게 되었던 날의 기억을 끄집어내어 이야기하고 있자니 그때의 감정이 되살아났다.

"……그래서 치마는 입고 싶지 않아. 자꾸 그때의 기억이 떠오른단 말이야."

창피하고도 분한 기억이다. 그럼에도 이야기를 하고 나니 속이 후련했다. 엄마나 할머니, 담임선생님에게도 차마 털어놓지 못한 이야기였다.

'금원이 이해해 주지 않아도 어쩔 수 없어.'

고작 치마 좀 입은 게 뭐 어때서? 당장이라도 금원이 그렇게 말할 것만 같았다. 이전에 태웅이 여장을 하지 않겠다고 했을 때도 그랬으니까. 하지만 금원은 이해한다는 듯 고개를 끄덕거렸다.

"그렇구나. 알았어. 그런 거라면 내가 방법을 찾아볼게."

"뭐라고 안 해?"

"솔직하게 이야기해 줬잖아. 네가 어떤 기분이었을지 어느 정도는 이해가 돼."

"어떤 부분이? 나는 내가 이해가 안 돼. 자기가 원해서 치마를 입는 남자들도 있어. 그 사람들은 아무렇지 않은데 왜 나는 고작 치마 입은 걸로 이렇게까지 충격을 받은 건지 모르겠어. 내가 너무 한심해."

태웅은 고개를 푹 숙였다. 금원이 태웅의 어깨를 다독거렸다.

"무슨 소리야. 자기가 좋아서 입는 거랑, 남이 억지로 입히는 거랑 같아? 태웅이 넌 치마를 입어서 충격을 받은 게 아냐. 폭력에 진 것 같아서, 그게 화가 난 거지."

폭력에 졌다. 태웅은 그 말을 곱씹어 보았다. 도저히 풀지 못했던 어려운 문제의 답을 알아냈을 때처럼.

드롭 더 비트, 김삿갓과의 만남

태웅은 눈앞에 선 말을 올려다보았다. 푸르릉. 말이 콧김을 내뿜었다.

"못 타! 나 진짜 말 타 본 적 없다니깐."

"그럼 다시 가마 탈래? 가마 타고 산 넘어? 가마꾼 다시 부를까? 너 그 발바닥으로는 절대 걸어서 산 못 넘어. 네 걸음에 맞추다가는 원주 벗어나는 데만 이틀은 넘게 걸릴 거라고."

"아니! 탈게. 말 타는 게 낫겠어!"

태웅은 정색을 하며 손을 내저었다.

"방법을 찾아본다더니, 결국엔 내가 말 타는 거냐고……."

"애 좀 봐. 너 때문에 난 걸어가거든? 여기까지 오는 것도 넌 가마 타고 편하게 왔으면서 뭘 그래."

"하나도 안 편했거든!"

금원이 생각해 낸 작전은 이랬다. 집에서 출발할 때는 금원이 가마를 탔다. 가마를 부르는 걸 부모님이 이상하게 여기지 않도록 말이다. 그다음 세책점에 가마를 놓고, 금원은 남자 옷으로 갈아입었다. 그사이 태웅은 가마꾼들이 쉬는 틈을 타서 재빨리 가마에 탔다. 다행히 가마꾼들은 갑자기 나타난 몸종을 의심하지 않았다. "참판 댁 아가씨가 몸종도 없이 어딜 가나 했더니, 늦잠 잤소?"라고 말하며 금원을 맞아들였다.

그러고는 태웅이 그대로 가마를 타고 치악산 아래까지 왔다. 그런데 설마 가마가 그렇게 흔들릴 줄은 몰랐다. 사극에서 볼 때는 엄청 편안하게 보였는데 전혀 그렇지 않았다. 엄마 차를 타고 비포장도로를 달렸을 때도 멀미가 났는데, 가마의 흔들림은 그에 비할 바가 아니었다. 무엇보다 혹시 가마꾼들에게 들키면 어쩌나, 마음이 조마조마해서 견딜 수가 없었다.

"빨리 타. 거기 박차에 발 걸고 폴짝 뛰어오르면 돼. 말 엉덩이 안 차게 조심해. 무서워할 거 없어. 내가 고삐 잡고 갈 거니까."

금원이 엎드리며 태웅을 재촉했다. 태웅은 두 눈을 질끈 감고 금원의 등을 밟고 박차에 발을 걸었다. 그리고 금원이 말한 대로 말의 엉덩이를 차지 않게 조심하며 안장에 올라탔다.

'와, 높다.'

말을 타고 본 시야는 아찔하게 높았다. 태웅은 고삐를 꽉 움켜잡았다. 금원도 손을 툭툭 털고 일어나 고삐를 잡았다. 달그락, 말이 걸음을 옮겼다.

'역시 만화나 영화는 믿을 게 못 돼.'

태웅은 만화에서 타임 슬립 한 주인공이 안장도 없는 말에 척 올라타 멋있게 달리던 장면을 떠올렸다. 말도 안 된다. 금원이 고삐를 잡아 주었는데도 말이 콧김을 내뿜으며 고개를 흔들 때마다 몸이 앞으로 휘청 쏠렸다. 말이 그렇게나 힘이 센 줄은 몰랐다.

"이 산길을 쭉 걸어서 고개를 넘는 거야. 고개를 넘으면 바로 제천이거든. 길은 좀 험해도, 이쪽이 확실한 지름길이지."

태웅이 힘들든 말든, 말은 금원이 이끄는 대로 산길을 걸어 올라갔다. 어느 정도 시간이 흐르자 태웅도 말 위에 앉아 있는 것에 익숙해졌다. 숲속 바람이 뺨을 스치는 게 기분 좋게 느껴지기도 했다.

"네가 말했던 학교라는 곳 말이야, 서당 비슷한 거지?"

고삐를 잡고 걷던 금원이 태웅에게 말을 건넸다.

"응? 어, 그렇지."

"그럼 미래에는 남녀가 한곳에서 공부한다는 거네? 부럽다. 얘, 미래 이야기 좀 더 해 봐."

"뭐야. 나 미래에서 왔다는 거 안 믿는다며."

"소원을 이루어 주는 거울을 찾으면 무슨 소원 빌지 정해야 할 거 아냐. 그러니까 다양한 이야기를 들어 봐야지. 네가 다른 나라에서 왔든, 미래에서 왔든, 달에서 왔든. 네 이야기가 신기한 건 사실이니까."

"소원? 금강산 가는 거 아냐?"

"그건 이미 이루었잖아. 신기한 거울이니까, 소원은 신중하게 빌어야지. 넌 뭘 빌 건데?"

"나야 집에 가게 해 달라는 거지."

"다른 소원은? 집은 이무기가 살던 호수 찾으면 돌아갈 수 있다면서."

"너 그것도 안 믿는다며."

"안 믿어. 그러니까 만약에 말이야."

달그락, 달그락. 한참 동안 말발굽 소리만 숲길에 울렸다.

'또 다른 소원? 집에 돌아가는 것 말고 소원이라면⋯⋯.'

엄마가 성황림에 가자고 했을 때가 떠올랐다. 그때도 같은 고민을 했었다. 진짜 내 소원은 뭘까, 하는 고민. 하지만 결국 답을 찾지 못했다. 성황림에 도착해서도 소원을 정하지 못해서, 해설가 아저씨가 준 쪽지에도 아무렇게나 적어서 냈었다.

"악! 그러고 보니 그때 그 쪽지!"

태웅은 저도 모르게 소리를 질렀다. 시간을 되돌리고 싶다. 쪽지에 그렇게 적었던 것이 떠올랐다.

'설마 그 쪽지 때문에? 그래서 내가 조선 시대로 온 거야? 나는 최민석하고 싸웠던 그날로 돌아갈까 말까 고민했던 건데! 시간을 되돌려도 너무 되돌린 것 아니냐고요. 서낭신인지, 아니면 시간의 신인지, 그것도 아니면 장난치기 좋아하는 잡귀인지 몰라도 조선 시대와 내 고민은 아무런 상관이 없단 말이에요!'

쪽지 한번 잘못 적었다가 이 고생이라니. 태웅은 끙, 앓는 소리를 냈다.

"왜? 소원이 너무 많아?"

"아니…… 소원 말이야, 최민석하고 싸운 날로 시간을 돌려 봤자 또 질 테니깐 아무 소용없을 거 아냐. 그럼 차라리 최민석보다 싸움을 잘하게 해 달라고 비는 게 나으려나 싶어서."

"그거 말인데, 나 네 이야기 들을 때 궁금한 게 있었거든."

"뭔데?"

"최민석인가 하는 그자, 툭하면 남자답지 못하다는 말을 한다며. 미래에 '남자답지 못하다'는 말은 대체 뭘 가리키는 거니? 분홍색 물건을 가지고 있는 게 왜 남자답지 못한 거야? 분홍색 철릭이 얼마나 유행이었는데. 조선 선비들 대부분 한 벌씩은 가지고 있을걸. 단 음식을 좋아하는 것도 그래. 임금님이 공을 세운 관리에게 내려 주는 상 중에 조청하고 꿀이 있거든. 다디단 것은 사람의 머리 회전을 좋게 해 주는 고급 음식인데, 그걸 좋아하는 게 왜 남자답지 못한 거야?"

쏟아지는 금원의 질문에 태웅은 대답할 수 없었다. 태웅도 한 번도 깊이 생각해 본 적이 없었으니까. 텔레비전 예능 프로그램에서 단 걸 좋아하는 건 여자들 입맛이라고 해서 그런 줄로만 알

왔다. 어릴 때부터 여자 색은 분홍이고 남자 색은 파랑이라고 해서, 분홍색 스웨터를 입고 싶어도 파란색을 골랐다.

'조선 시대 때는 안 그랬단 거잖아. 그럼 남자답다는 건 시대에 따라 변하는 거야? 그럼 앞으로는 분홍색이 남자다운 색이 될 수도 있는 건가? 그런데 그렇게 막 바뀌는 거면……'

'남자답다'는 건 대체 뭐지?

"그뿐만이 아니야. 최민석 그자가 한 행동은 아무리 봐도 불한당이나 하는 짓이야. 힘으로 상대를 억누르고, 괴롭히고, 권모술수를 쓰는 것은 남자다운 게 아니야. 남자답다는 것은 곧 군자라는 것인데, 그자는 군자가 아니야."

"군자……"

"그리고 태웅이 너한테도 궁금한 게 있는데."

금원은 잠시 말을 멈추곤 말 위에 탄 태웅을 빤히 바라보았다. 태웅은 저도 모르게 말고삐를 쥔 손에 힘을 줬다. 금원이 하는 말 한마디 한마디가 태웅을 긴장하게 만들었다.

"네가 그랬잖아, 다른 애들이 널 한심하게 여길 것 같다고. 대체 왜? 아무리 생각해도 난 그때 네 모습이 한심했을 것 같지 않아."

"한심하지 않다고?"

"그렇잖아. 부당한 일에 맞선 건데, 그게 왜 한심해?"

태웅은 순간 머리를 망치로 맞은 듯했다. 최민석과의 싸움 후, 계속 이해가 가지 않았다. 나는 대체 뭐가 창피한 걸까, 하는 의문이 드는 것이. 최민석과 싸워서 졌고, 억지로 치마를 입어야 했다. 창피한 게 당연한 건데, 창피한 게 이해가 가지 않는 자신이 이상한 것만 같았다. 그래서 더욱더 엄마와 할머니에게 자신이 겪은 일을 털어놓을 수 없었다. 지금 자신의 감정이 어떤지 알 수가 없는데, 그것을 어떻게 남에게 전한단 말인가.

그게 왜 한심해. 금원의 그 말이 태웅에게 이야기해 주는 듯했다. 네가 이상한 게 아니었다고. 태웅은 훌쩍, 코를 들이마셨다. 어쩐지 금방이라도 눈물이 나올 것만 같았다.

"왜 그래?"

금원이 깜짝 놀라 물었다.

"아니, 그…… 힘들어서! 말 타는 거 진짜 힘들다."

거짓말은 아니었다. 정말로 온몸이 부서질 듯이 아팠다. 몇 시인지 정확히는 알 수 없어도, 숲이 어두워지기 시작한 걸 보면 꽤 시간이 지난 듯했다. 고개를 넘어오는 내내 한 번도 쉬지 않고 걷는 금원이 대단해 보였다.

"조금만 참아. 저기 연기 보이지? 저기에 주막이 있어. 오늘은 거기까지만 갈 거야."

＊

주막은 산 중턱, 오르막이 끝나는 넓은 공터에 우뚝 서 있었다.

주막 주위에는 짚을 엮어 만든 엉성한 울타리가 쳐져 있었다. 두 사람은 주막 안으로 들어갔다. 마당에는 평상 두 개가 놓여 있었고, 한쪽에는 커다란 나무가 한 그루 서 있었다. 한 무리의 사람들이 평상 하나를 차지하고 앉아 술을 마시고 있었다. 그들 중 수염을 덥수룩하게 기른 남자가 주막으로 들어오는 태웅과 금원을 힐끔 쳐다보았다. 남자의 얼굴에 비열한 미소가 떠오른 것을, 두 사람은 보지 못했다.

"아이고, 힘들어."

태웅은 비어 있는 평상에 주저앉았다. 마당에 있는 나무에 말을 묶어 두고 온 금원이 어이없다는 듯 태웅을 바라봤다.

"엄살은. 그래도 좀 익숙해졌지? 고개 넘어서 제천에 도착하면 말을 하나 더 빌리자. 거기서부터는 둘 다 말을 타는 거야."

"나 아직 혼자는 못 탈 것 같은데……."

"뭐든 해 봐야 늘어. 그나저나 주모는 어디 갔지?"

두 사람이 대화를 주고받는 동안, 다른 평상에 모여 앉아 있던 무리는 무언가 쑥덕거리며 두 사람을 계속 힐끔거렸다. 수염을 기른 남자가 자리에서 일어나 어슬렁어슬렁 태웅과 금원이 앉은 평상으로 다가왔다.

"말을 타고 온 것 보니 좋은 집 도령인가 본데, 어디를 가시오?"

수염의 몸에서 불쾌한 술 냄새가 확 풍겨 나왔다.

"이쪽은 몸종인가? 도령도 그렇고 몸종도 계집애처럼 몸집도 작고, 힘도 없어 보이네. 도령, 그거 아시오? 요즘 이 근처에 산적이 아주 판을 치오."

수염이 태웅에게로 바짝 다가섰다. 태웅은 주춤, 몸을 뒤로 뺐다. 금원이 태웅의 팔을 툭 치곤 눈짓을 해 보였다. 다른 쪽 평상에 앉아 있던 수염의 무리가 어느새 금원과 태웅의 주변을 장벽처럼 빙 둘러싸고 서 있었다.

"수고비만 좀 주면, 우리가 도령과 같이 고개를 넘어 드리지."

"괜찮습니다. 저희끼리 충분합니다."

금원이 딱 잘라 말했다. 그러자 수염은 껄껄 웃었다.

"이거, 몸종이 아주 당돌하네. 여보게들, 안 그래?"

사람들이 약속이라도 한 듯 다 같이 웃음을 터뜨렸다. 수염의 옆에 서 있던, 태웅과 비슷한 나이로 보이는 남자애가 수염의 옷자락을 잡아당겼다.

"삼촌, 쟤 진짜 여자애 맞다니까? 내 말이 맞다고!"

남자애의 손가락은 금원을 가리키고 있었다.

"막내, 너 왜 아까부터 쓸데없는 말을 해?"

"쓸데없진 않지. 진짜 여자면 여러모로 쓸모가 있지 않아?"

수염은 음흉하게 웃으며 금원을 위아래로 훑어보았다.

'혹시라도 금원이 여자인 걸 들키면……'

생각만으로도 입안이 바짝 말랐다. 그때 수염이 한쪽 발을 평상에 턱 올렸다. 태웅의 몸은 덩치 큰 수염의 품 안에 가두어진 꼴이 되었다.

"어허. 누가 들으면 우리가 여자 납치해서 내다 파는 나쁜 놈들인 줄 알겠네. 우린 매우 예의 있는 상인이라고. 산적 그런 것과는 전혀 연관이 없다니까."

웃음소리가 더 커졌다. 웃지 못하는 건 금원과 태웅뿐이었다.

"어째, 강제로 수고비를 내시겠소, 아니면 좋게좋게 하시겠소?"

수염이 몸을 숙여 태웅의 귓가에 대고 으르렁거렸다. 숫제 협박이었다.

'어떻게 하지?'

이 많은 사람을 상대로는 싸움은커녕 도망가는 것도 쉽지 않을 것이었다. 최민석과 몸싸움을 벌였을 때 꼼짝도 할 수 없었던 무력감이 다시 떠올랐다.

'내가 좀 더 싸움을 잘 했으면……'

남자는 싸움을 잘 해야지, 라고 으스대던 최민석의 목소리가 머릿속에 윙윙 울렸다. 태웅은 질끈 눈을 감았다. 꼼짝없이 당하고만 있는 게 다 자신의 잘못인 듯 느껴졌다. 내가 좀 더 남자다웠으면, 그랬으면…….

누군가 태웅의 손을 강하게 움켜잡았다. 최민석의 목소리가 뚝 끊겼다. 태웅은 눈을 떴다. 태웅에게 바짝 붙어 앉은 금원이 태웅의 한쪽 손을 꽉 잡고 있었다. 금원이 눈짓으로 말 쪽을 가리켰다. 저쪽으로 뛰자. 그렇게 말하는 듯했다. 태웅은 금원의 손을 마주 잡는 것으로 대답을 대신했다.

"대답을 하시오, 도령."

툭. 금원의 손가락이 태웅의 손등을 한 번 쳤다. 하나. 또 한 번. 둘. 한 번 더 두드리면 셋. 그럼 뛰쳐나가는 거다. 태웅은 몸을 달싹였다.

"거, 다들 좀 비키시오. 앉읍시다, 좀."

갑자기 장벽에 구멍이 생겼다. 대나무를 깎아 만든 지팡이가 휘적휘적 사람들 틈새를 파고들어 왔고, 그 바람에 금원과 태웅을 둘러싸고 있던 사람 중 몇몇이 주춤주춤 뒷걸음질을 쳤다. 그 사이로 삿갓을 쓰고 긴 철릭을 입은 남자가 팔자걸음으로 걸어 들어와 평상에 털썩 걸터앉았다. 삿갓은 주변을 둘러보더니 쯧, 하고 혀를 찼다.

"거, 다 큰 어른들이 뭐 하는 거요?"

너무나 당당한 삿갓의 태도에 수염도 기가 눌린 듯 굽혔던 몸을 펴 똑바로 섰다.

"그쪽이 상관할 바 아니지 않소."

"상관할 바 아니긴. 저쪽 평상은 당신들 짐으로 가득해 앉을 곳이 없고, 이쪽 평상은 둘러서서 다른 사람이 앉을 수도 없게 막고 있으니 그게 민폐가 아니고 뭐란 말이오."

삿갓과 수염 사이에 팽팽한 긴장감이 감돌 때였다.

"어휴, 이런 데에 방을 붙여 봐야 누가 보러 온다고 그래요?"

"그래도 다 붙이라는 명이야. 얼른 붙이고 국밥 한 그릇 먹고 가야지."

주모와 군졸이 함께 주막으로 들어섰다.

"왜들 그렇게 서 있어요? 무슨 일 있어요?"

주모가 모여선 사람들을 보고 의아한 듯 물었다. 수염은 주모 옆에 선 군졸을 힐끔 쳐다보고는 고개를 푹 숙였다.

"일은 무슨…… 그냥 인사나 하는 거지."

수염과 수염의 무리는 슬금슬금 자신들이 앉아 있던 평상으로 돌아갔다. 갑작스러운 태세 전환에 태웅은 긴장이 탁 풀렸다. 금원도 마찬가지인 듯 크게 숨을 내쉬었다.

"얘, 이거 봐."

태웅은 그제야 자신이 계속 금원의 손을 꼭 움켜잡고 있다는 것을 알았다. 태웅은 황급히 금원의 손을 놨다. 어쩐지 귓불이 화끈화끈하게 달아올랐다.

"술 가지러 간 사이에 새 손님이 오셨네. 뭐 주문하실래요?"

주모가 금원과 태웅이 앉은 평상으로 다가왔다.

"국밥 두 그릇 주세요. 그리고 하룻밤 머물고 갈 거예요."

태웅은 깜짝 놀라 금원에게 속삭였다.

"여기서 잘 거야? 저 사람들도 자고 갈지도 모르는데?"

"어쩔 수 없어. 곧 해가 지잖아. 여기서 자고 가야 해."

태웅은 수염 무리가 앉은 평상을 바라보았다. 수염은 주막 벽에 방을 붙이고 있는 군졸의 뒷모습을 무시무시한 눈초리로 노려보고 있었다.

'아무래도 꺼림칙한데…….'

하지만 어쩔 수 없었다. 금원의 말대로 하늘에 뉘엿뉘엿, 붉은 노을이 물들고 있었다. 이제 곧 해가 지고 숲에 어둠이 깔릴 터였다. 태웅은 애써 불안을 가라앉혔다.

"방은 두 개 주시고요. 제가 도련님하고 같은 방을 쓸 수는 없으니까요."

"알았어요. 방이 세 개밖에 없지만, 저 사람들은 돈 없다고 창고에서 잔다고 했으니까. 근데 돈도 없다면서 무슨 술은 저렇게 마시나 몰라. 삿갓 나리는요? 뭐 드시겠어요?"

"나? 나는 주모가 주는 대로 먹겠네."

삿갓의 대답에 주모는 재미있다는 듯 웃었다.

"아휴, 나리, 농담도 잘 하셔."

"농담 아니네. 난 돈이 없어. 주모의 마음 씀씀이에 기대어 한 끼 때울 것이네."

주모의 표정에서 웃음기가 싹 사라졌다. 그러거나 말거나, 삿갓은 여전히 당당하게 앉아 있을 뿐이었다. 주모는 씩씩 콧김을 내뿜으며 주방 쪽으로 갔다가 곧 한 손에 커다란 바가지를 들고 왔다.

"여깄소! 이거나 먹고 썩 꺼져요!"

바가지 안에 든 것은 쉰밥이었다. 삿갓은 바가지를 보더니 어흠, 목청을 가다듬었다. 그러더니 시를 읊기 시작했다.

    이십수하삼십객 二十樹下三十客

    사십촌중오십식 四十村中五十食

    인간기유칠십사 人間豈有七十事

    불여가귀삼십식 不如家歸三十食

    삿갓의 낭랑한 목소리가 마당에 울려 퍼졌다. 주모는 멀뚱히 서서 인상을 썼다.

    "뭐라는 거야?"

    "쯧쯧. 좋지 않은 게 마음 씀씀이만이 아니구먼."

    "뭐? 이 양반이 진짜! 나가요, 당장 나가!"

    주모는 앉아 있는 삿갓의 어깨를 마구 떠밀었다.

    그런 주모의 손을 금원이 덥석 잡았다.

    "저희 도련님이 내신대요, 돈."

    내가? 태웅은 어리둥절해 금원을 봤다. 사실 삿갓이 시를 읊을 때부터 금원의 상태가 이상하긴 했다. 흡사 연예인을 보는 것처럼 선망 가득한 눈빛으로 삿갓을 바라보고 있었던 것이다.

    "그렇다는군. 그럼 국밥 한 그릇 말아 오시게나. 그리고 나도 하루 묵어갈 테니 그리 알고."

    "……별꼴이야. 진짜."

주모는 투덜거리면서도 국밥을 내 왔다. 태웅과 금원, 삿갓은 상을 앞에 두고 평상에 마주 앉았다. 삿갓이 태웅을 향해 가벼운 목례를 했다.

"고맙소, 도령."

태웅도 얼결에 고개를 끄덕였다. 금원이 눈을 반짝거리며 끼어들었다.

"들려주신 시가 천 냥의 가치였는걸요. 그렇지요, 도련님?"

"어? 으, 응."

태웅은 말끝을 흐렸다. 시를 알아듣지 못했다고 말할 수 있는 분위기가 아니었다. 금원은 그런 태웅을 보며 웃더니 삿갓에게 청했다.

"아직 배움이 부족한 저를 위해 시를 풀어서 읊어 주실 수 있나요?"

"그 정도야. 흠흠."

또다시 삿갓의 목소리가 주막 마당에 울려 퍼졌다.

스무(스물) 나무 아래에 서러운(서른) 나그네

망할(마흔) 놈의 마을에서 쉰(쉰) 밥이네

사람 세상에 어찌 이런(일흔) 일이

집에 돌아가 설은(서른) 밥 먹느니만 못하구나

'아, 이십이 스물로 풀이되는 거구나. 한자랑 한글 라임이 딱딱 맞네.'

태웅은 삿갓의 낭독을 주의 깊게 듣다가 깨달았다.

'이건…… 랩이잖아! 디스 랩!'

태웅은 그제야 금원의 반응을 이해했다. 삿갓은 자신을 무시한 주모를 상대로 근사한 디스 랩을 한 거였다. 드롭 더 비트. 연예인 그 자체였던 셈이다.

"금강산 유람을 하고 왔더니 노자가 똑 떨어졌지 뭐요. 그래도 오늘은 내 시의 가치를 알아주는 사람을 만나 따뜻한 밥도 먹고, 지붕 있는 곳에서 잘 수 있겠군. 운이 좋은 날이오."

"금강산이요? 그럼 혹시 신기한 거울에 대한 소문을 들어 보셨나요?"

금원의 물음에 삿갓은 빙긋 웃을 뿐이었다.

나는 네가 충분히 강하다고 생각해

우당탕탕. 요란한 소리가 태웅을 깨웠다.

'무슨 소리지?'

태웅은 부스스 눈을 떴다. 주막 방에서 잠든 지 얼마나 지났을까. 창호지가 발린 방문 밖은 아직 어두웠다. 해가 뜨지 않은 새벽이었다. 몸을 뒤척이며 다시 잠을 청하려는데, 벗어 놓은 옷더미 속에서 무언가 밝게 빛났다.

'어? 저건 설마……'

태웅은 몸을 일으켜 옷더미를 들췄다. 뜨개 인형이 옷더미 안에서 엉금엉금 걸어 나왔다. 인형의 몸은 태웅의 이야기가 쓰여져 있던 책을 찾았던 그날 밤처럼 밝게 빛나고 있었다. 인형은 태웅이 누운 이부자리를 가로질러 방문 바로 앞에 멈춰 서더니, 방문에 귀를 가져다 대는 시늉을 해 보였다. 태웅도 몸을 일으켜 인형을 따라 문에 귀를 바짝 가져다 대었다. 창호지 너머에서 소곤거리는 말소리가 새어 들어왔다.

"주모가 어찌나 발버둥을 치는지. 좀 얌전히 묶일 것이지."

"군졸이 자다 갈 줄 몰랐지. 좀 더 일찍 일을 벌이려 했는데, 서둘러야겠어. 좀만 있으면 해가 뜨겠어. 군졸을 미행하러 간 막내가 돌아오면 바로 시작하자고. 삿갓을 쓴 남자, 덩치가 꽤 좋으니 신중해야 해."

"이렇게까지 할 필요 있나요, 형님? 군졸이 완전히 떠났나 미행까지 하는 것도 그렇고……. 어린 것들도 그냥 죽입시다. 번거롭잖아요."

"감영이 지척이니 조심해야지. 우리 방 붙은 거 못 봤냐?"

"그럼 더럽게 못 그렸던데요. 하나도 안 닮았드만."

"그래도 조심해야지. 작전대로 삿갓만 죽여서 돈 뺏고 묻어. 그놈은 양반 아닌 것 같으니까. 그리고 삿갓이 도적이었던 걸로 꾸미자고. 그럼 도령도 호위를 해 준다는 제안을 더 이상 거절할 수 없겠지."

"거절하면요? 도령은 물렁해 보여도 몸종은 야무지던데."

"그때는 어쩔 수 없지. 둘 다 죽일 수밖에."

"일단 막내가 돌아올 때까지 좀 쉬자고. 아이고, 졸려라. 군졸 그놈 신경 쓰여서 밤새 잠도 제대로 못 잤네."

말소리가 끊겼다. 태웅은 자신의 입을 한 손으로 틀어막았다.

그렇게 하지 않으면 금방이라도 비명이 터져 나올 것 같았다. 그랬다가 수염에게 들키면, 그야말로 끝장이었다. 자기들의 작전이 발각된 것을 알면 수염은 태웅과 금원을 바로 해칠 터였다.

'진정하자. 그래, 일단…… 금원하고 삿갓 아저씨에게 이 사실을 알려야 해.'

하지만 어떻게? 다리가 후들거려서 도저히 방 밖으로 나갈 엄두가 나질 않았다. 나갔다가 혼자서 수염의 무리와 마주치기라도 하면……. 상상만으로도 식은땀이 났다.

'그래! 인형이라면 들키지 않고 나갈 수 있을 거야.'

문제는 인형은 말을 하지 못한다는 거다. 태웅은 고민하다가 자신의 짐을 뒤져 실과 바늘을 꺼내 작은 천 조각에 재빨리 글씨를 수놓았다.

수염

도적

<u>보초</u>

손이 벌벌 떨리는 탓에 새겨진 글자는 삐뚤빼뚤했다. 태웅은 천 조각을 인형의 목에 망토처럼 묶은 다음, 인형의 발에 남은 실을 연결했다.

"금원하고 삿갓 아저씨의 방으로 가 줘. 혹시 들키면, 실을 당겨. 알았지?"

인형은 태웅의 말을 알아들은 것처럼 고개를 끄덕거렸다. 태웅은 방문을 조금 열어 인형을 밖으로 내보냈다.

'인형이 내 말을 못 알아들었으면 어쩌지? 지금 당장 금원을 깨우러 가야 하는 것 아닐까?'

달달달. 무릎이 마구 떨렸다. 태웅은 당장이라도 도망갈 수 있게 옷을 챙겨 입고, 짐을 등에 멨다. 그러는 중에도 인형과 연결된 실 끝은 꽉 움켜쥔 채였다.

"말이 달아난다!"

"잡아! 저게 얼만데!"

갑자기 방문 밖이 소란스러워졌다. 태웅은 창호지에 구멍을 뚫어 밖을 살펴보았다. 주막 밖으로 뛰어나가는 말과 그 말의 뒤를 뒤쫓는 수염의 무리가 보였다. 태웅이 손에 쥐고 있던 실 끝이 팽팽해지는가 싶더니, 방문이 열렸다. 태웅은 반사적으로 한 발 뒤로 물러섰다.

"빨리 나와! 이 틈에 도망쳐야 해."

금원과 삿갓이 방문 밖에 서 있었다. 태웅의 손바닥으로 인형이 뛰어 올라왔다. 태웅은 인형을 품속에 넣고 고개를 끄덕였다.

세 사람은 주막을 빠져나와 숲 안으로 뛰어들어 갔다.

*

숲은 발아래가 잘 보이지 않을 정도로 어두웠다. 그 탓에 숲길을 달리는 것은 쉬운 일이 아니었다. 태웅은 몇 번이고 발이 걸려 넘어질 뻔했다. 평지를 달리듯 뛰는 것은 삿갓뿐이었다. 태웅보다 앞서 뛰던 금원의 몸이 휘청거리더니 앞으로 고꾸라졌다.

"괜찮아?"

태웅은 금원에게 다가갔다.

"응. 서두르자. 우리가 도망친 걸 알면 곧 도적들이 쫓아올 거야."

금원이 손으로 바닥을 짚으며 일어났다. 멀리 앞서갔던 삿갓이 태웅과 금원에게로 뛰어 돌아왔다.

"이 근처에 동굴이 있다고 들어서 몸을 숨길 수 있을까 했는데, 입구가 너무 좁아 사람이 들어갈 수 없을 듯하오."

"동굴이요?"

태웅의 머릿속에 한 가지 생각이 스쳐 지나갔다.

"일단 거기로 가죠."

"이쪽이오."

삿갓이 앞장서서 두 사람에게 손짓을 했다. 태웅과 금원은 삿갓의 뒤를 따랐다. 삿갓은 폭이 급격하게 좁아지는 산길 중간에 멈춰 섰다. 무성한 수풀 사이에 작은 동굴이 있었다. 태웅은 동굴을 살펴보았다. 입구는 얼굴만 간신히 들어갈 정도로 둥그렇고 좁았지만, 안은 꽤 깊은 듯 끝이 보이지 않았다. 태웅은 짐에서 실을 꺼내 바닥에 굴러다니는 돌을 묶으려 했다. 하지만 돌의 표면이 미끄러워서 좀처럼 잘 묶이지 않았다.

"도령, 무엇을 하려고?"

"돌 두 개를 묶어서 동굴 안쪽에 매달려고요."

"꼭 돌이어야 하나?"

"아뇨, 부딪혀서 소리가 날 수 있는 거면 돼요."

그러자 삿갓은 자신의 품 안에서 손바닥만 한 크기의 둥그런 금속판 두 개를 꺼내 내밀었다. 위아래로 작은 구멍이 뚫려 있는 금속판이었다. 태웅은 금속판에 실을 매달았다. 그러고는 동굴 안으로 손을 집어넣어 동굴 입구 근처에 무성하게 난 덩굴에 실을 묶었다. 태웅은 실 한쪽을 금원에게 건네주며 말했다.

"도적들이 오면 실을 마구 흔들어. 알았지?"

멀리서 한 무리의 사람들이 다가오는 소리가 들려왔다. 세 사람은 동굴 옆 수풀 뒤에 쪼그려 앉아 몸을 숨겼다. 태웅의 등이 새벽이슬과 땀으로 축축하게 젖어 들었다. 실을 움켜쥔 손가락에도 자꾸만 땀이 났다. 벌레 우는 소리가 귓가에 따갑게 울렸다.

세 사람이 숨을 죽이고 앉아 있기를 얼마나 지났을까.

"이쪽으로 간 게 분명해."

"설마 벌써 마을까지 내려간 건 아니겠지?"

수염 무리의 목소리가 적막을 깨고 숲길에 요란하게 울렸다. 태웅은 금원에게 눈짓을 했다.

'지금이야!'

태웅과 금원은 쥐고 있던 실을 마구 흔들었다. 그러자 동굴 안의 금속판이 서로 맞부딪히며 요란한 소리가 났다. 소리는 좁은 동굴의 입구를 통과하면서 확성기로 증폭한 듯 더욱 요란스러운 소리가 되어 숲 전체로 퍼졌다. 수십 명의 사람들이 칼을 서로 부딪히는 소리 같기도 했고, 한꺼번에 날카로운 고함을 지르는 것 같기도 했다.

"뭐야!? 역시 벌써 관원을 불러온 모양이야!"

"숲으로 가, 숲으로! 저쪽 고개에 숨어 있다가 다른 마을로 가자고!"

"형님, 막내는요? 아직 돌아오지 않았는데…….."

"버려! 일단 우리부터 살아야지!"

수염 무리는 우왕좌왕하며 숲길을 둘러보다가 수풀을 가로질러 산길 아래로 미끄러져 내려갔다. 한참이 지나고 수염 무리의 모습이 완전히 시야에서 사라지자 태웅은 긴장이 풀려 그 자리에 주저앉았다. 삿갓이 동굴 안에서 금속판을 빼 가져왔다.

"아주 좋은 작전이었소, 도령. 어떻게 이런 생각을 했소?"

"귀뚜라미요. 귀뚜라미가 자기가 내는 소리를 더 크게 만들려고 나무에 난 구멍이나 작은 동굴을 이용한다는 걸 책에서 본 적이 있거든요. 방에서 몰래 저 사람들 이야기를 엿들을 때, 군졸을 무서워하는 것 같기에 해 보자 싶었어요."

삿갓이 태웅에게 손을 내밀었다. 태웅은 삿갓의 손을 잡고 몸을 일으켰다.

"곧 해가 뜰 테니 주막으로 돌아갑시다. 숲길을 헤매는 것보다 그편이 안전하오. 도적들은 군졸들이 자기들을 쫓는다 생각할 테니, 주막으로 다시 돌아오진 않을 거요."

삿갓의 말에 태웅과 금원도 고개를 끄덕였다.

"그렇게 하죠."

"찬성이에요."

세 사람은 왔던 길을 되돌아 다시 주막을 향해 걸었다. 긴장이 풀린 탓인지 온몸의 힘이 쭉 빠지고 피로가 몰려왔다.

주막에 도착한 세 사람은 가장 먼저 창고를 열었다. 주모가 창고 기둥에 묶여 버둥거리고 있었다.

"그놈들! 그놈들이 저 도적들이었어!"

주모는 풀려나자마자 벽에 붙은 방을 가리키며 흥분해 떠들었다. 주모가 떠들든 말든, 태웅은 마당에 놓인 평상에 풀썩 누웠다. 더 이상 서 있을 기운이 없었다. 그러자 금원도 그 옆에 벌러덩 드러누웠다.

"살았네, 우리."

금원의 중얼거림에, 그때야 무사히 도망친 것이 실감이 났다.

태웅은 멍하니 하늘을 올려다보았다. 주막에서 도망칠 때만 해도 까맸던 하늘이 조금씩 어둠이 밀려나듯 밝아지고 있었다. 그 빛이 태웅의 마음을 뒤덮고 있던 어둠을 툭, 건드렸다.

"나 좀 한심한 것 같아."

수염이 시비를 걸었을 때부터 그런 생각이 들었다. 최민석의 말처럼 좀 더 싸움을 잘 했으면 얼마나 좋았을까. 금원은 최민석이 남자다운 게 아니라고, 그때 태웅의 모습은 부끄러운 게 아니라고 말했지만 사실은 최민석의 말이 맞는 것이 아닐까.

"뭐가 한심해? 너 아니었으면 방금 도적들 따돌리지도 못했어. 참, 말을 도망치게 해서 도적들의 주의를 돌리자는 건 내 의견이었어. 괜찮은 작전이었지?"

"어쩌다 엿들은 것뿐인걸. 애초에 내가 좀 더 싸움을 잘했으면 그 사람들이 처음 시비를 걸었을 때 혼쭐을 내 줄 수도 있었을 거 아냐."

"헛소리!"

짝. 경쾌한 박수 소리에 태웅은 깜짝 놀라 옆을 봤다. 어느새 몸을 일으켜 앉은 금원이 태웅의 얼굴 바로 옆에 대고 손뼉을 친 것이었다.

"어떻게 열네 살짜리가 다 큰 어른들을 이겨? 게다가 우린 어차피 이 주막에서 잘 수밖에 없었어. 최민석이란 자와의 일도 그렇고, 너 자기 탓하는 게 취미니?"

"그, 그렇지만 나는 남자잖아. 남자는 강해야 하잖아."

'태웅아, 강한 사람이 되어야 해. 엄마를 지켜 줘. 남자 대 남자의 약속이야.'

아빠의 목소리가 되살아났다. 태웅은 조금씩 밝아지는 하늘을 보며 금원에게 아빠와 한 약속을 털어놓았다. 이야기를 하고 있자니 눈물이 나왔고, 결국 코를 훌쩍거리며 이야기를 마쳤다.

"그랬구나. 그런데 나는 네가 충분히 강하다고 생각해."

"……정말로?"

"그럼! 낯선 곳에 와서 이렇게 집에 돌아가려고 고군분투하고 있잖아. 자기가 원하는 걸 이루려고 노력하는 사람은 이미 강해. 그러니까 넌 아버지와의 약속을 잘 지키고 있는 거지. 태웅이 네 아버지가 말한 '강함'도 그런 게 아닐까?"

아빠가 말한 '강함'이 육체적인 강함이 아닌, 다른 무언가일 수도 있다는 생각은 해 보지 못했다. 그렇기에 좀처럼 체격이 커지지 않는 것에 죄책감을 느꼈다. 그 죄책감은 싸움을 잘하는 게 남자다운 거라는 최민석의 말이 진리인 듯 믿게 만드는 저주가 되었다.

"그리고 너랑 나는 친구야. 친구는 한쪽이 다른 한쪽을 일방적으로 지키는 게 아니라, 서로 돕는 거지. 내가 위험에 처했다고 쳐. 그럼 너, 싸움 못 해도 나 도와주러 올 거잖아?"

"당연히 도우러 가지!"

"그러니까. 다른 사람을 지키는 건 힘의 문제가 아냐. 용기의 문제지. 그리고 이번 일은 우리가 힘을 합쳐서 나쁜 놈들을 혼내 준거잖아. 그렇지?"

"맞아."

어둠이 걷혔다. 어느새 하늘은 완전히 밝아져 있었다.

✳

먼저 주막을 떠나겠다고 나선 것은 삿갓이었다.

"내가 걸음이 빠르니 먼저 마을로 가겠소. 산에 도적 떼가 있다고 군졸에게 말하면 경비가 강화될 테니, 좀 더 안전해지겠지. 도령들은 해가 중천에 뜬 후에나 움직이시오."

"감사합니다. 저, 나리, 성함이라도……."

금원의 말에 삿갓은 씩 웃었다.

"그냥 여기저기 떠도는 김 씨 성의 삿갓 쓴 나그네일 뿐이오. 참, 도령."

삿갓이 품 안에서 동굴에 매달았던 금속판 두 개를 꺼냈다.

"도령은 신기한 재주를 가지고 있더군. 이거, 내가 금강산 가는 길에 만난 사람에게 얻은 것인데 신통한 힘이 있다고 했다오. 내가 가지고 있어 봤자 별 쓸모없을 것 같으니, 도령에게 드리리다."

"신통한 힘이요?"

"가야 할 곳을 알려 준다나."

삿갓은 태웅에게 금속판을 떠안기고는 휘적휘적 팔을 휘저으며 주막을 나섰다. 삿갓은 금세 주막에서 멀어졌다.

'어딘가 신기한 사람이네.'

태웅은 멀어지는 삿갓의 뒷모습을 봤다.

"저 사람, 혹시 김삿갓 아닐까?"

"김삿갓? 유명한 사람이야?"

태웅이 되묻자, 금원은 뜨악한 표정으로 태웅을 바라보았다. 태웅은 그런 표정을 이전에도 본 적이 있었다. 엄마와 함께 텔레비전을 보다가 한 발라드 가수가 화면에 나왔을 때였다. '레전드 발라더'라는 자막에, 태웅이 "저 사람이 누군데?"라고 했더니 엄마가 딱 지금 금원의 표정으로 태웅을 봤다. 그러고는 그 가수가 얼마나 대단했는지 프로그램이 끝날 때까지 프로필과 대표곡을 좔좔 읊었다.

"너 진짜 미래에서 왔든지 달에서 왔든지 해야겠다. 어떻게 김삿갓을 모를 수가 있어? 방랑시인 김삿갓! 급제를 했는데도 벼슬자리에 나가지 않고 전국을 떠돌면서 시를 짓는 사람이야. 권력자를 비판하는 통쾌한 시를 짓는 걸로도 유명해. 나 김삿갓 시 정말 좋아하거든. 김삿갓의 시라고 알려진 건 다 읽었어. 어제 주막에서 본 그 시 짓는 솜씨! 그걸 보면 분명해."

김삿갓 이야기를 하는 금원의 목소리가 점점 열의에 차올랐다.

'어제 삿갓 아저씨가 시를 읊을 때 좋아하는 연예인 보는 것처럼 봤던 게 착각이 아니구나.'

태웅은 금원의 말을 한 귀로 흘려들으며 삿갓이 준 금속판을 살펴보았다.

'이게 뭘까?'

금속판을 뒤집어 보니 뒤쪽에는 초승달부터 보름달까지 변해 가는 달의 모양이, 테두리에는 실 두 줄이 구불구불 얽힌 모양이 섬세하게 조각되어 있었고 테두리의 위쪽과 아래쪽 정중앙에는 끈을 끼울 수 있는 둥그런 구멍이 나 있었다. 김삿갓 찬양을 마친 금원도 태웅의 손에 들린 금속판을 봤다.

"이거, 혹시 소문의 거울 아닐까? 소원 들어준다는 거울."

"거울이라고? 이게? 유리가 아닌데?"

"얘 좀 봐. 유리가 얼마나 귀한데. 그건 수입되기 시작한 지 얼마 되지도 않았어. 양반도 아무나 못 써. 고관들이나 쓰지. 나도 유리 거울은 본 적 없어. 이렇게 청동 갈아 만든 거울도 사치품이야. 습기가 잘 차서 자주 닦아야 하거든."

금원의 말을 듣고 태웅은 거울에 얼굴을 비추어 보았다.

'급식 먹는 식판하고 별 차이 없어 보이는데.'

조선 시대에는 이런 거울을 썼구나 싶어 신기했다.

"혹시 모르니까 하나씩 나눠 가지고 있자. 잃어버리지 않게 몸에 지니는 게 좋겠어."

"잠깐 있어 봐."

태웅은 평상으로 가 짐 안에서 뜨개실을 꺼냈다. 그러다 뜨개실 아래 넣어 둔 꽃장식을 봤다. 금원에게 주려고 만들었던 꽃장식. 건네줄 타이밍을 잡지 못해 지금까지 가지고 있었다. 태웅은 꽃장식을 집어 들고 슬그머니 뒤돌아보았다.

"뭐 해?"

"아냐. 이거, 실로 거울 위를 꿰서 목에 걸면 어떨까 싶어서."

태웅은 꽃장식을 도로 짐 안에 밀어 넣고 뜨개실만 꺼내 금원에게로 갔다. 두 사람은 뜨개실 자투리를 구멍에 넣어 목걸이처럼 만든 후, 각자 목에 걸었다.

옷 안에서 반짝, 거울이 빛을 발했다.

이무기가 잠든 호수

고개를 넘어 마을에 도착했을 때, 태웅은 환호성을 질렀다. 말도 타지 않고 험한 산길을 걸어서 넘는 건 쉬운 일이 아니었다. 걷다가 쉬다가를 반복했음에도 태웅의 발바닥 곳곳에 물집이 잡혔다.

"세상에, 고개에서 도적 떼라도 만났어? 옷이 왜들 그래?"

태웅과 금원이 주막에 들어서자 주모가 깜짝 놀라 물었다. 두 사람의 옷은 이곳저곳이 더러워져 있었다. 금원의 옷은 특히 심각해서, 무르팍이 아예 찢겨 있었다. 새벽에 있었던 소동 때 숲길을 구른 탓이었다. 주모의 말에 주막 평상에 앉아 있던 사람들이 너도나도 말을 얹었다.

"요즘 고개가 험해. 오늘 아침에도 골짜기에 숨어 있던 도적 떼를 잡았다 하더라고."

"그런데 그 도적 떼, 좀 모자란 것 같던데. 두목이 발을 접질려서 오도 가도 못하고 있었다나. 오밤중에 지나가는 나그네라도 덮치려고 했던 건지.”

“어휴. 그래도 도적은 잡기라도 하지, 탐관오리는…….”

“예끼, 말조심해.”

“맞잖나. 이가네 도령이 또 말썽 일으켰단 소문 못 들었어? 여자만 보면 희롱을 못 해 안달이잖아. 저번에 한양에서 내려온 양반네 몸종을 건드려서 읍내가 발칵 뒤집혔던 거, 기억 안 나? 그 양반 댁이 권세가 센 것도 아닌데 뭘 믿고 그러나 몰라.”

“먼 친척이 높은 벼슬자리에 있다고 으스대는데 그것도 진짜인지, 영.”

태웅은 사람들의 말을 들으며 평상에 앉아 국밥을 먹었다.

‘수염 일당이 잡혔구나!’

그 사실에 마음이 턱 놓였다. 그사이 금원은 주모에게 하룻밤 묵어갈 방값을 치르곤 근처에 장터가 있는지 물어보았다. 주모는 마침 근처에 오일장이 열리고 있다고 알려 주었다.

“금강산 도착하기 전에 장터에서 준비를 좀 해야겠다. 유람이 처음이라 별별 일이 다 일어날 수 있다는 걸 생각 못하고 짐을 단출하게 꾸렸지 뭐야. 혹시 또 도적을 만나거나, 숲에서 길을 잃거나 하면 비상식량도 필요할 것 같고.”

금원은 찢어진 바지를 살펴보며 말했다.

“이 옷은 주모에게 수선을 부탁하고 가야겠어. 그런데 가져온 남자 옷이 한 벌밖에 없거든. 태웅이 너는…….”

“치마 안 입어.”

“선수 치기는. 하지만 네 옷도 빨기는 해야 하는데.”

“장터 가서 새 옷을 사면 되잖아?”

태웅의 말에 금원은 대체 무슨 말인지 모르겠다는 듯 태웅을 바라보았다.

“새 옷을 사? 지금 옷감 사서 맡겨도 일주일 뒤에나 완성될 텐데?”

“아니, 그런 거 말고…….”

혹시 조선 시대에는 기성복이 없었나? 태웅은 머뭇거리며 입을 다물었다.

“싱겁긴. 그럼 네가 남자 옷 입어. 난 여자 옷 가져온 거 입을 테니까.”

금원이 옆에 둔 보따리를 건넸다.

＊

오일장은 사람으로 북적거렸다. 태웅과 금원은 빼곡한 사람들 사이를 걸으며 시장 구경에 나섰다.

조선 후기, 전국 곳곳에서는 오 일에 한 번씩 장이 열렸다. 주변의 다섯 개 지역을 하나로 묶은 뒤 날짜를 달리해 열리는 장에는 전국의 보부상들이 모여들었다.

"제천에 왔으니 순채를 먹어 보고 싶어."

금원이 물, 옷감, 농기구, 약초 등 다양한 물건을 파는 좌판을 들여다보며 중얼거렸다.

"순채? 그게 뭐야?"

"나물이래. 연꽃잎하고 비슷하다더라. 나도 먹어본 적 없어. 중국 옛날이야기를 쓴 책에 나오거든. 오나라 사람 장계응이 벼슬을 하느라 고향을 떠나 있었는데, 고향의 순채와 농어회가 생각나서 벼슬을 그만두고 고향으로 돌아갔다는 거야. 궁금하잖아. 어떤 맛이기에 벼슬도 그만두고 그걸 먹으러 간 건지."

신이 나서 책 이야기를 하는 금원의 모습을 보며, 태웅은 엄마를 떠올렸다. 엄마도 금원처럼 책에 나오는 음식을 먹어 보고 싶다고 말하곤 했다. 한번은 올챙이 국수라는 걸 먹으러 강원도까지 간 적도 있었다. 엄청 맛있는 국수라고 해서 함께 갔는데, 막상 도착해서 먹어 보니 평범한 맛이었다.

'내가 투덜거리니깐 엄마가 뭐라고 했더라? 분명히⋯⋯.'

기억을 더듬는 태웅의 귀에 금원의 들뜬 목소리가 불쑥 뛰어들었다.

"책에 나오는 이야기를 보면 궁금해. 경험해 보고 싶어. 상상만하던 것이 현실이 되다니, 얼마나 멋지니."

"우리 엄마랑 똑같이 말하네."

"태웅이 너희 어머니도 책을 좋아하시는구나!"

금원이 반색을 했다.

"엄청 좋아해. 우리 엄마는 역사학자야."

"역사학자? 그게 뭐 하는 건데?"

"유적이나 비석 같은 거 찾아내서 과거에 무슨 일 있었는지 알아내는 사람. 엄청 오래된 책도 많이 봐. 엄마가 직접 쓴 책도 있어."

태웅의 말에, 금원의 눈이 휘둥그레 커졌다.

"책을 쓴다고? 여자가?"

"응. 내가 사는 시대에는 여자든 남자든 상관없이 책 써. 이야기책도 쓰고, 엄마처럼 학술서도 쓰고. 내가 제일 좋아하는 동화책 작가도 여자야."

"세상에! 거짓말이든 아니든 정말 멋진 이야기야……."

금원은 황홀한 듯 두 손을 맞잡고 중얼거리곤 속사포처럼 질문을 쏟아 냈다.

"태웅이 네 어머니는 어떤 책을 쓰시니? 학술서라는 게 정확히 뭐야? 과거에 무슨 일이 일어났는지 알아낸다고 하면…… 정약용 선생님의 『아방강역고』 같은 건가? 그 책이 고조선부터 발해에 이르는 역사를 쓴 책이라고 들었어. 나도 직접 본 적은 없지만. 읽어 보고 싶은데 구하기가 어려워."

"비슷해. 그래서 성황림에도 갔던 건데……."

태웅은 말끝을 흐렸다. 성황림에서 마지막으로 본 엄마의 모습이 눈앞에 어른거렸다. 태웅은 조선 시대로 오게 된 후, 최대한 엄마 생각을 하지 않으려 했다. 자칫하면 지금처럼 우울해질 테니까.

'언제쯤 집에 돌아갈 수 있을까?'

태웅은 그때부터 입을 다물고 힘없이 금원의 뒤만 따라 걸었다. 그러다 쿵, 갑자기 멈춰 선 금원의 뒤통수에 이마를 부딪혔다.

"얘, 저기 봐. 책쾌가 있어. 가서 살펴보자."

금원이 가리킨 곳에 한가득 책이 펼쳐진 좌판이 보였다.

"혹시 모르잖아. 이무기 전설이나, 소원을 이루어주는 거울에 대한 이야기가 실린 책이 있을지도. 그걸 찾으면 태웅이 너, 집에 돌아가는 데 도움이 될 거야."

금원이 태웅의 소맷자락을 끌어당겼다.

'뭐야. 나 우울해진 거 알고 신경 써 주는 거구나.'

태웅은 금원의 뒷모습을 보았다. 곱게 땋은 댕기 머리가 금원이 발걸음을 옮길 때마다 가볍게 흔들렸다. 그것을 보고 있자니 몰려왔던 우울함이 슬그머니 사라졌다.

"그래, 가 보자."

태웅은 금원의 뒤를 따라 책쾌가 있는 곳으로 향했다. 좌판에 놓인 책은 대부분 양면지를 엮어 만든 필사본이었고, 한쪽이 물에 젖어 있는 등 보관 상태도 좋지 않았다.

"에헤이, 여기는 여자들 읽는 소설 같은 거 안 팔아. 차림새를 보니 돈도 없어 보이는데 괜히 책 뒤적거리지 말고 가쇼."

태웅과 금원이 다가가자, 책쾌는 귀찮다는 듯 손을 저었다.

"상태는 이래도 귀한 책들이야. 청에서 홍수가 났는데, 부잣집 하나가 가라앉았다는군. 그 집에서 처분한 책이 흘러들어 온 거야. 여자들이 읽을 수 있는 책이 아니라고."

금원은 책쾌의 손짓에도 아랑곳하지 않고 좌판 앞에 쪼그려 앉았다. 책쾌는 쯧, 혀를 차면서도 더 이상 금원을 쫓아내려 하진 않았다.

"찾고 있는 책이 있어요."

"뭔데 그러쇼?"

"이무기에 대한 이야기가 실린 책이요."

"이무기……? 한번 살펴보쇼. 아이고, 손님, 어서 오십시오!"

도포를 입은 양반이 좌판으로 다가오자, 책쾌는 얼른 일어나 그를 맞이했다. 책쾌가 손님을 상대하는 데 정신이 팔린 동안, 금원은 좌판에 놓인 책을 살폈다. 태웅도 책을 집어 들어 보았지만 온통 한자로 쓰여 있어서 한 글자도 제대로 읽을 수가 없었다. 태웅은 괜히 고개를 돌려 주변을 둘러보는 척을 했다.

'어라? 저 남자애, 아까도 우리 옆을 지나간 것 같은데.'

그런 태웅의 눈에 한 아이가 보였다. 어딘가 낯이 익은 남자애였다. 산발을 한 남자애는 몇 번이고 태웅과 금원이 앉아 있는 좌판 주변을 어슬렁어슬렁 지나갔다. 그러다 걸음을 멈추고 금원을 유심히 살펴보기도 했다.

'어디서 봤지, 저 얼굴?'

태웅의 미간에 주름이 잡혔다. 남자애의 정체가 떠오를 듯 떠오르지 않았다.

"어휴, 이거 언제 다 살펴보지?"

옆에서 금원이 중얼거렸다. 태웅이 금원을 향해 고개를 돌리는데, 태웅의 품 안에서 반짝, 작은 빛이 났다.

"태웅아, 너 옷 속에……."

금원이 신기한 듯 두 눈을 깜빡거리며 태웅의 품속을 가리켰다. 뜨개 인형을 넣어 둔 곳이었다. 태웅은 옷 안에 손을 넣어 인형을 꺼냈다. 인형은 태웅의 손에서 폴짝 뛰어내려 좌판에 섰다. 태웅은 좌판에 바짝 붙어 앉았다. 혹시라도 누가 인형이 움직이는 걸 보면 큰 소동이 일어날 터였다. 금원도 태웅의 옆으로 바짝 붙어 앉았다.

"그날 밤에 인형이 어떻게 내 방 앞에 놓여 있었나 싶었더니, 저거구나."

금원은 인형의 움직임을 눈으로 좇으며 말했다.

"그때 얼마나 놀랐다고. 누가 방문을 똑똑 두드리잖아. 잠이 깨서 방문을 열어 봤는데 아무도 없고, 저 작은 인형만 방문 앞에 누가 놓아 둔 것처럼 있잖아. 목에 건 천 조각을 보고 너무 놀랐어. 인형을 움켜쥐고 누가 보낸 건가 고민하고 있는데 삿갓 나리가 살금살금 오더라. 인형이 거기에도 갔냐고. 잘 살펴보니 인형 발에 실이 달려 있잖아. 그걸 당겨 보니 네 방이었던 거지."

책과 책 사이를 쫑쫑쫑 달리던 인형이 한 책 앞에 멈춰 섰다. 그러고는 툭, 쓰러져 다시 보통의 인형으로 돌아갔다.

"태웅아, 이 인형, 신기한 힘이 있는 거지?"

"나도 잘 몰라. 내가 만든 게 아니거든."

태웅은 인형을 다시 품 안에 넣었다. 금원은 인형이 고른 책을 집어 들고 한 장을 넘겼다. 한 장, 또 한 장을 넘기던 금원의 손이 멈췄다.

"있다! 이무기 전설에 대하여."

금원은 펼친 장을 소리 내어 읽었다.

예로부터 제천이란 땅은 산봉우리가 북두칠성 모양으로 위치해 있어 신비한 힘이 깃들어 있다. 이곳에 신라 진흥왕 때 쌓아 올린 의림지가 있다. 악성 우륵이 용두산에서 흘러내리는 개울물을 막아 둑을 만들었다. 뛰어난 음악가였던 우륵은 개울물을 막으며 가야금을 연주했다. 그 소리가 어찌나 맑고 신묘했던지, 용두산 꼭대기에 살던 이무기가 깨어났다. 이무기는 소리에 이끌려 둑 아래까지 내려와, 그때부터 의림지에서 살게 되었다. 이무기는 의림지 아래에서 깊은 잠을 자며 용이 되어 승천할 날을 기다렸다.

긴 시간이 흘러, 조선이 건국되었다. 의림지는 커졌고, 많은 사람이 모여들었다. 맑은 음악 소리가 아닌 소음에 잠이 깬 이무기는 무척 불쾌하여 큰 소동을 일으켰다. 그 탓에 의림지의 물이 넘쳐흘러 큰 홍수가 났고, 땅까지 흔들려 사람들이 큰 피해를 입었다.

힘이 장사인 어 씨 성을 가진 한 남자가 이무기를 다시 잠재울 방법을 찾아 나섰다. 어 씨는 신묘한 산, 금강산에 가면 방법을 찾을 수 있을 거라 여겼다. 긴긴 거리를 걸어 금강산에 도착한 어 씨는 정상을 목표로 산을 오르기 시작했다.

"총각, 나 좀 도와주시오."

어 씨가 산 중턱까지 올랐을 때였다. 애달픈 목소리가 어 씨를 멈춰 세웠다. 어 씨가 소리 나는 곳을 보니 한 할머니가 맨발로 서 있었다. 할머니는 길을 잃었다며, 산 아랫마을까지 데려다줄 수 없느냐 물었다. 할머니의 발은 온통 상처투성이였다. 어 씨는 망설이지 않고 할머니를 등에 업었다. 올라온 길을 다시 내려가야 했으나, 불만 한마디 하지 않았다.

어 씨는 다시 반나절을 꼬박 걸어 산 아랫마을에 도착했다.

"어르신, 다 왔어요. 앞으로는 산에 갈 때 길 잃지 않게 조심하세요."

어 씨가 그렇게 말하며 등에 업은 할머니를 내려놓으려 할 때였다. 등에서 빛나는 연기가 홀연히 피어올랐다. 등에 업혀 있던 할머니는 어느새 사라진 채였다. 그리고 어디선가 천둥 같은 목소리가 들려왔다.

"장한 일을 했으니 상을 주마. 나를 업었던 곳에 가면 청동 바위가 있을 것이다. 그것은 너만 깰 수 있다. 그것을 깨서, 반들반들하게 갈아 거울을 만들거라. 거울 뒤에는 달이 뜨고 지는 모양을 새겨 넣어라. 그러면 나의 기운과 너의 땅의 기운이 어우러지리라. 그 거울로 수면을 비추면 이무기가 잠들 것이다."

어 씨는 넙죽 엎드려 절을 했다. 할머니를 업었던 곳으로 돌아가니 과연 그곳에 빛나는 바위가 있었다. 어 씨는 주먹으로 바위를 깨, 그 조각을 소중하게 등에 이고 산을 내려갔다. 산 아래에서 장인에게 맡겨 청동 조각으로 거울 두 개를 만드니, 거울에 신묘한 기운이 감돌아 보는 사람들이 모두 감탄했다.

어 씨는 거울을 가지고 제천으로 돌아갔다. 할머니의 말대로 거울로 수면을 비추니, 요동치던 물결이 잠잠해지고 땅도 진정되었다. 그때부터 의림지는 이무기가 잠든 곳이 되었다. 신묘한 거울은 그 후 모습을 감추었으나, 종종 이 땅에 해답을 찾는 자가 나타날 때면 그 모습을 드러낸다 한다.

"이무기가 잠든 호수! 이거야, 이거! 여기가 제천이잖아. 의림지는 어디지?"

태웅은 뛸 듯이 기뻤다.

'정말로 찾아낼 줄이야! 책에 쓰여 있는 대로라면, 호수만 찾으면 집에 돌아가는 건 식은 죽 먹기야. 호수에 뛰어들기만 하면 되

니깐!'

태웅은 기쁨에 겨워 옆에 앉은 금원의 얼굴에 잠깐 그늘이 드리워진 것을 알지 못했다.

빛나는 달의 문을 열다

다음 날 아침, 태웅과 금원은 주막을 나섰다. 금원은 주모가 수선해 준 옷을 입고 다시 남장을 했다. 태웅의 발은 물집으로 엉망이었지만, 발걸음은 더없이 가벼웠다.

"의림지까지는 얼마 안 걸려. 한 식경 정도일까."

"잘 아네?"

"유명하거든. 수많은 문인들이 의림지의 아름다움에 대한 시를 남겼어."

태웅은 금원이 시를 읊을 줄 알았다. 하지만 금원은 입을 꼭 다물고 묵묵히 걸을 뿐이었다. 살짝 시옷 자로 내려간 입가가 금원의 기분을 드러냈지만, 태웅은 미처 눈치채지 못했다. 어제저녁부터 태웅의 머릿속은 집에 돌아갈 생각으로 가득 차 있었다.

"집에 가면 일단 목욕부터 해야지. 빵도 먹고 싶어. 국밥 지긋지

굿해. 금원아, 너 빵 먹어 본 적 있어? 여기도 빵이 있나? 밀가루로 만든, 푹신푹신한 건데……."

"너, 진짜 호수에 뛰어들면 집에 갈 수 있다고 믿어? 바보 같아."

"뭐?"

들뜬 기분에 금원의 말이 찬물처럼 끼얹어졌다.

"미래에서 왔다는 헛소리에 장단 맞춰 주는 것도 지겨워."

"헛소리라니? 네가 믿든 말든 상관없어. 사실이니깐! 호수에 들어가면 돌아갈 수 있는 것도 사실이고! 그럼 넌 믿지도 않으면서 왜 호수 찾는 걸 도와준 건데?"

"네가 너무 우울해하니까 믿어 주는 척한 거야."

태웅과 금원은 걸음을 멈추고 서로를 노려보았다.

'갑자기 왜 이러는 거야?'

태웅은 금원이 이해가 되지 않았다. 함께 여행을 하는 내내, 금원은 태웅에게 미래는 어떤 곳인지 물어봤다. 태웅은 금원에게 학교는 어떤 곳인지, 수업은 어떤지, 뭘 배우는지, 어떤 생활을 하는지 등 많은 이야기를 해 주었다. 그때마다 금원은 믿지 않는다고 말하면서도 더 많은 것을 알고 싶어 했다.

"너 진짜 못됐다. 내가 지금 얼마나 불안한데……."

태웅도 생각을 해 보지 않은 게 아니었다. 지금 찾아가는 의림지가 책에 나오는 호수가 아닐 수도 있었다. 어쩌면 그 책에 적힌

게 전부 그냥 이야기일 뿐일 수도 있었다. 그런 불안을 지우려고, 일부러 더 들뜬 척을 했다. 그리고 금원도 그 들뜸에 함께해 주기를 바랐다. 금원과 떠들다 보면 불안한 게 사라졌으니까. 느닷없이 조선에 떨어진 후에도 금원이 함께 있어서 버틸 수 있었으니까. 그랬는데 이런 반응이라니. 서운함이 왈칵 몰려왔다.

"……태웅아, 나는."

금원이 무언가 말하려 할 때였다. 가마 한 채가 길 끝에서 다가왔다. 가마 위에는 옥색 도포를 입은 남자가 앉아 부채를 펄럭이고 있었다. 가마 옆을 따라 걷던 남자가 손을 크게 휘저으며 외쳤다.

"이가네 도령님 행차시다! 다들 비켜! 어디 천한 것들이 길을 막느냐!"

태웅과 금원은 길 한쪽으로 비켜섰다. 가마 뒤를 따라오던 남자애가 쪼르르 가마 옆으로 따라붙더니 가마에 탄 옥색 도포, 이 씨 도령에게 무어라 말했다. 그러자 갑자기 가마꾼들이 걸음을 멈췄다. 이 씨 도령이 가마에서 내려 건들건들한 걸음걸이로 두 사람의 바로 앞까지 걸어왔다.

"어디 보자. 감히 남장을 하고 돌아다니는 여자가 있다고 해서 구경하러 가는 길이었는데, 이렇게 딱 마주치는구나. 거기 너, 고개를 좀 들어 보아라."

이 씨 도령이 부채 끝으로 금원의 턱을 툭 쳤다. 태웅은 가마 옆에 서서 히죽 웃는 남자애를 봤다. 오일장에서 봤던 남자애였다.

자꾸만 태웅과 금원의 근처를 왔다 갔다 했던 애. 그리고…….

'맞다! 수염의 일당이었어. 금원이 여자라고 확인해 보자고 했던, 막내라고 불렸던 사람!'

어떻게 된 일인지 감이 잡혔다.

'그날 밤, 수염은 막내가 군졸을 미행하러 갔다고 말했어. 그 덕분에 일당이 체포될 때 혼자 빠져나갈 수 있었던 거야. 그 후에 오일장에서 나와 금원을 봤지. 금원이 치마 입은 것을 보고 자신의 생각이 틀리지 않았음을 알았을 테고. 그리고…….'

태웅은 앞에 히죽거리며 웃고 선 이 씨 도령을 힐끔 올려다보았다.

'이 사람은 그 사람이겠지. 이가네 도령이라고 했으니깐. 주막에서 들었던, 망나니라던 양반집 도령. 여자만 보면 희롱을 하려고 한다던……. 저 수염의 일당이 금원이 여자인 걸 확인하고 무슨 수를 썼는지 몰라도 이 씨 도령에게 접근한 거야. 남장을 하고 여행을 하는 여자. 조선 시대 때는 여자가 바지 입는 게 흔한 일은 아니잖아. 그러니깐 신이 나서 구경하러 찾아다닌 거구나.'

치사한 복수다. 태웅은 수염의 일당을 노려보았다. 일당은 태웅과 눈이 마주치자 날름 혀를 내밀어 보였다. 얄미웠지만, 계속 일당에게 신경을 쓸 순 없었다. 금원에게 시비를 거는 이 씨 도령을 어떻게든 금원에게로부터 떨어뜨려야만 했다.

'어떻게 하지? 지금은 내 옷차림이 양반에 가까우니까, 내가 나

서야 해.'

　이럴 줄 알았으면 금원과 옷을 바꾸어 입을 걸 그랬다고, 태웅은 후회했다. 말이 도망친 지금, 굳이 금원이 마부 행세를 할 필요도 없었다. 그때서야 태웅은 깨달았다. 그걸 금원도 모를 리가 없었다. 그럼에도 금원은 태웅에게 더 깨끗한 옷을 준 것이다.

　탁!

　"무례하시군요."

　금원이 자신의 턱에 닿은 부채를 쳐 냈다. 이 씨 도령의 미간에 주름이 잡혔다.

　"어디 천한 것이 양반의 손을 쳐? 무례한 건 네년이구나."

　"천한 것이요?"

　금원은 고개를 당당하게 들고, 이 씨 도령을 마주 보았다.

　"옷차림으로 사람을 평가하다니, 큰일 날 분이시군요."

　"그럼 네가 양반이라도 된다는 것이냐? 어느 양반네 여식이 말도 가마도 안 타고 그런 허름한 남자 옷을 입고 세상을 돌아다닌다던? 양반의 여식은 조신하게 집에서 남편 내조하는 법이나 배우는 것이지. 보나 마나 사당패에서 도망쳐 나온 것이겠지."

　"여식이라니요? 제가 여자라는 증거는 어디 있습니까?"

　"시치미를 떼다니. 당장 여기서 옷을 벗겨 확인을 해 볼까?"

　이 씨 도령이 손짓을 하자, 뒤에 서 있던 남자들이 앞으로 다가왔다. 하지만 금원은 한발도 물러서지 않았다.

"해 보시던가요. 단, 뒷감당을 하실 수 있으시다면."

"뒷감당?"

"전 분명히 옷차림으로 사람을 판단하지 말라 당부했습니다."

너무나 당당한 금원의 태도에 다가오던 남자들이 주춤, 물러섰다. 가마 앞에서 걷던 남자가 이 씨 도령 옆으로 다가가 속삭였다.

"도련님, 혹시 암행어사의 몸종이거나 한 거 아닐까요? 한쪽은 옷도 묘하게 좋은 것이, 아주 신분이 낮아 보이지는 않는데요. 요즘 한양에서 각 지방으로 암행어사를 보냈다 하지 않습니까."

"……설마."

이 씨 도령은 금원의 옆에 선 태웅을 보았다. 자신을 위아래로 훑어보는 이 씨 도령의 시선에, 태웅은 등을 곧게 폈다. 옆에 선 금원처럼 당당해 보여야 했다. 이 씨 도령은 고개를 갸웃거리며 한 발 뒤로 물러섰다.

"이놈이 암행어사의 몸종일 리 없어요! 이놈, 이 도령은 이상한 술법을 쓴다고요! 제가 봤습니다, 나으리. 저놈은 서양 귀신을 부리는 게 틀림없습니다. 서양에서 온 놈들이 이상한 학문을 퍼뜨리고 다닌다는 말, 들은 적이 있다고요!"

수염의 일당이 이 씨 도령의 옆으로 달려 나와, 태웅을 가리키며 목에 핏대를 세웠다.

"서양 귀신?"

"진짭니다! 인형 같은 게 막 움직인다구요!"

"그래? 그런 술법을 쓰는 게 사실이라면 가만둘 수 없지. 혹시라도 사람들을 속여 민심을 어지럽히면 안 되니까. 얘들아! 저놈을 붙잡아!"

남자들이 우르르 태웅에게로 달려들었다. 미처 도망갈 틈도 없었다. 남자 한 명이 뒤에서 태웅의 팔을 붙잡았고, 다른 한 명은 달려드는 금원을 막아섰다. 태웅은 있는 힘을 다해 버둥거렸지만 소용없었다. 남자들이 태웅의 짐 보따리를 풀어헤쳤다.

"이겁니다! 이 인형!"

수염의 일당이 보따리 안에 넣어 둔 뜨개 인형을 집어 들었다. 이 씨 도령은 뜨개 인형을 건네받아 이리저리 살펴보더니, 휙 바닥에 던졌다. 하지만 인형은 꼼짝도 하지 않았다.

"안 움직이잖아? 이봐, 그 술법이라는 걸 빨리 부려 보거라."

이 씨 도령이 태웅의 뺨을 부채로 가볍게 쳤다.

"사내놈이 실이며 바늘을 가지고 다니다니, 술법 아니면 이럴리가 없지."

"도련님, 이건 뭘까요? 이것도 술법 도구인가?"

태웅의 짐을 뒤지던 남자가 집어 든 것은 꽃장식이었다. 태웅이 금원에게 선물로 주려고 만든 장식품. 태웅은 그것을 보고 더욱 필사적으로 팔다리를 버둥거렸다.

"놔! 내 물건에 손대지 말라고!"

"빨리 술법을 부려 보라니까 그러네."

툭. 이 씨 도령의 부채가 다시 태웅의 뺨에 닿았을 때였다.

"당장 그만두지 못해!"

노여움에 가득 찬 금원의 목소리가 쩌렁쩌렁 울려 퍼졌다. 태웅은 고개를 돌려 금원을 봤다. 태웅뿐만 아니라 태웅을 붙잡고 있던 남자도, 태웅의 물건을 뒤지고 있던 남자도, 이 씨 도령도 금원을 봤다.

"서양 귀신이라고? 지금 높으신 분들 사이에서도 서학의 유용함을 인정해야 한다는 의견이 오가는 것을 모른단 말이야? 그런 것도 모르면서 잘난 척이라니! 게다가 너!"

금원이 수염 일당을 가리켰다.

"도적의 잔당이 아니더냐! 도적 무리와 어울리다니, 가히 그 의도가 의심스럽다! 원주로 돌아가면 당장 감영에 고할 것이야!"

이 씨 도령은 금원의 기세에 눌린 듯, 슬금슬금 가마 쪽으로 뒷걸음질 쳤다.

"도적이라고? 아니, 나는 그런 것은 몰랐는데……. 그저 저놈이 나를 찾아와서 재미있는 일이 있다고 하기에……. 진짜다. 감영이라니. 얘들아, 뭐 하느냐! 빨리 그분을 뇌 드려라. 그리고 저놈, 도적이라는 저놈을 잡아!"

태웅의 손발이 자유로워졌다. 남자들은 수염 일당을 붙잡았다. 이 씨 도령은 허둥지둥 가마에 올라타 사라졌다. 수염 일당도 남자들에게 끌려갔다. 태웅은 그 자리에 주저앉은 채 멀어지는 가마를 봤다. 속이 부글부글 끓었다.

'금원이 자기보다 신분이 높은 사람인 줄 알고 도망간 거야. 비겁해. 자기보다 약한 사람은 쫓아와서 괴롭히더니.'

하지만 더 화가 나는 건, 자신이 아무것도 할 수 없었다는 것이었다. 이번에도 금원은 괜찮다고 할 것이다. 그래도 분한 건 분한 것이다. 이 분함은 도저히 익숙해지지 않으리라. 태웅은 바닥에 내동댕이쳐진 인형을 주워 품 안에 넣었다.

"여기."

금원이 꽃장식을 주워 태웅에게 건넸다.

"이것도 네가 만든 거야? 특이한데, 예쁘다."

태웅은 금원의 손에서 꽃장식을 낚아채듯 받아 들었다. 그리고는 성큼성큼 빠르게 걸었다.

"야, 왜 화를 내? 아까 싸운 것 때문이면 내 말 좀 들어 봐."

금원이 뒤에서 쫓아오는 소리를 들었지만, 태웅은 멈추지 않았다. 오히려 걸음걸이를 점점 더 빠르게 할 뿐이었다.

금원은 말했다. 친구는 한쪽이 한쪽을 일방적으로 지키는 게 아니라, 서로 돕는 거라고. 그래서 태웅도 금원을 돕고 싶었다. 하지만 팔다리를 버둥거리는 것 말고는 할 수 있는 게 없었다.

"야! 김태웅!"

멀리 길 끝, 커다란 호수가 모습을 드러내었다.

＊

"여기가 의림지……."

태웅은 눈 앞에 펼쳐진 풍경을 잠시간 넋을 잃고 바라보았다.
주변을 둘러싼 산봉우리의 녹음이 호수의 푸른빛과 어우러져 반
짝이고 있었다. 호숫가에 심어진 버드나무의 기다란 잎이 바람이
불 때마다 노래를 부르듯 바스락거렸다. 태웅은 호수 가까이 다
가가, 쪼그려 앉아 물속에 손을 넣어 보았다.

'진짜 돌아갈 수 있을까?'

정말로 이 호수에 뛰어드는 것만으로 집으로 돌아갈 수 있다
면, 그렇다면…… 그 전에 금원에게 선물을 건네야 했다.

'그래. 이대로 싸우고 돌아갈 순 없어.'

태웅이 마음을 굳히고 몸을 일으키려 할 때였다.

"기다려, 태웅아! 잠깐, 아직 뛰어들지 마! 나 할 말 있단 말이
야! 아직 돌아가면 안 돼!"

등 뒤에서 금원이 태웅을 향해 뛰어왔다. 태웅이 몸을 일으키
는 순간 금원의 발이 돌부리에 걸렸고, 금원은 뛰어오던 속도를
이기지 못해 넘어졌다. 그래서 그대로 태웅의 몸을 떠밀며 함께
호수로 빠지고 말았다.

풍덩!

요란한 소리와 함께 물방울이 수면 위로 튀어 올랐다.

'안 돼! 이대로 돌아가면……'

태웅은 물속으로 가라앉으며 반사적으로 질끈 눈을 감았다. 조선 시대로 왔을 때와 같다면, 분명 엄청난 빛이 터져 나와 자신을 감쌀 터였다. 하지만 점점 숨이 막혀올 뿐, 빛은 어디에서도 새어나오지 않았다.

태웅은 팔다리를 움직여 수면 위로 헤엄쳐 나왔다. 곧 금원도 물 위로 고개를 내밀었다. 두 사람은 호수 속에서 서로를 마주 보았다.

"아무 일도 일어나지 않았어……."

두 사람은 거의 동시에 중얼거렸다. 그 순간, 태웅의 눈가에 눈물이 고였다. 단 하나뿐이었던 동아줄이 뚝 소리를 내며 끊겨 버렸다. 애써 억누르고 있었던 불안감이 절망감이 되어 몰려왔다.

태웅은 호수에 빠진 채 엉엉, 소리 내어 울었다.

우리, 우리답게 살자

태웅은 멍하니 수면을 바라보았다. 으슬으슬 몸이 떨렸다. 젖은 옷을 입은 채 한참이나 앉아 있었던 탓이었다. 하지만 꼼짝도 하기 싫었다.

"언제까지 이러고 있을 거야?"

어느새 옷을 갈아입고 온 금원이 치맛자락을 말아 쥐고 태웅의 옆에 쪼그려 앉았다.

"미안해."

금원이 그렇게 말하며 태웅에게 수건을 건넸다. 태웅은 말없이 수건을 받아 들었다. 한참이나 품에 안고 있었던 듯, 수건에 따뜻한 체온이 남아 있었다.

"태웅이 네가 미래에서 왔다는 거, 사실은 믿어."

"거짓말."

"진짜야. 인형이 혼자 걸어 다니면, 사람이 미래에서 올 수도 있겠지."

"……그런데 왜 그렇게 말했어?"

"호수에 뛰어들면 미래로 돌아가는 거잖아. 나와 다시는 못 만나게 되는 거지. 난 그게 너무 서운한데, 넌 아무렇지 않아 보이는 게 속상했어."

태웅은 금원이 건네준 수건으로 얼굴을 닦았다. 먹구름이 잔뜩 끼어 있던 마음도 함께 닦여나가는 듯했다. 금원이 자신과 헤어지는 걸 서운해했다는 것에 어쩐지 가슴 한쪽이 간질간질해졌다.

"여기가 네가 봤다는 책에 나오는 그 호수가 아닐 수도 있잖아. 어쩌면 금강산에 있을지도 몰라. 나랑 같이 금강산에 가서 찾아보자."

"나도 알아. 아는데……."

"걱정되는 건 이해해. 그 학교라는 곳도 매일 나가야 한다며. 오래 안 나가면 어떻게 되니? 못 다니게 되면 어떻게 해?"

멈칫, 얼굴을 닦던 태웅의 손이 멈췄다. 집에 돌아가면 학교에 가야 한다.

'집에 돌아가면 학교에 가야 해. 학교에 가면…….'

또 최민석이 괴롭히면 어떻게 해야 하는 걸까. 이하은의 얼굴은 어떻게 볼까. 반 애들이 내가 치마를 입었던 걸 가지고 놀리지는 않을까. 조선 시대로 온 뒤 돌아갈 생각에 집중하느라 잊고 있던 걱정이 스멀스멀 피어올랐다. 태웅은 수건을 꽉 움켜쥐었다.

"집에 돌아가도, 어차피 학교는 안 가."

태웅은 망설이다 질끈 눈을 감고 말을 쏟아냈다.

"내가 이야기했잖아, 치마 입기 싫은 이유. 그 사건 이후로 학교에 안 가. 등교 거부란 거지. 금원이 네가 몰라서 그래. 학교가 좋긴 뭐가 좋아? 공부하는 건 지겹지, 최민석처럼 멋대로 구는 애랑 같은 반이라도 되면 일 년 내내……."

"학교를 왜 안 가!"

금원의 격한 목소리가 태웅의 말허리를 잘랐다. 태웅은 깜짝 놀라 금원을 봤다. 호숫가에 내려앉기 시작한, 해가 지기 직전의 붉은 노을이 금원의 이마와 뺨을 물들였다. 금원은 화가 난 듯 보였다.

"고작 그런 일로 학교에 안 가다니, 겁쟁이!"

울컥. 태웅도 화가 났다. 고작 그런 일이라니? 학교에 가기 싫어서 가지 않은 게 아니었다. 가고 싶었다. 하지만 두려움과 창피함, 해결되지 않은 의문이 마구 뒤섞여 태웅의 발을 움직이지 못하게 만들었다. 처음 학교에 가지 않겠다고 버틸 때는 아주 큰 일탈을 저지르는 것 같아 긴장되었지만, 그 긴장은 곧 무뎌졌다. 방 안에 있으면 최민석과의 일이 계속 머릿속에서 재생되었고, 재생되는 기억 속에서 아이들의 반응은 조금씩 달라졌다. 복도에 서 있던 아이들이 자신을 아주 한심하게 바라보았던 것도 같고, 비웃기도 했던 것 같다. 이하은의 놀란 표정에 한심하다는 눈빛이 섞여 있었던 것도 같다. 떠올리지 않으려고 해도 기억은 계속 떠올라 태웅을 더욱 방 밖으로 나가지 못하게 만들었다.

"겁쟁이라고? 남장 안 하면 돌아다닐 용기도 못 내는 네가 더 겁쟁이지!"

"내가 겁쟁이라고? 웃기지 마!"

금원은 자리를 박차고 일어나 섰다.

"김태웅, 넌 몰라. 네가 왔다는 미래, 거기와 여기는 달라. 다르다고! 난 서당에 가고 싶어도 갈 수 없어. 내가 아무리 가고 싶어도 갈 수 없다고! 난 여자니까! 내가 이렇게 말하면 아버지와 어머니는 뭐라고 하는지 알아? 그래서 집으로 선생을 불러 주지 않냐고, 여자인 너에게 글공부를 시켜 주는 것만 해도 감사한 일이라고, 세상 많이 좋아진 줄 알라고 말해. 내가 원하는 건 그게 아닌데. 내가 원하는 건, 여자라는 이유로 할 수 없는 일이 사라지는 거야. 서당에 가고, 외출할 때도 허락을 받지 않고, 과거를 봐서 벼슬자리에도 나가고! 태웅이 네가 온 미래가 그렇다며. 네가 말한 학교는 내가 꿈꾸던 낙원이야. 그런데 넌 왜 가지 않는다는 건데, 왜!"

성이 나 있던 금원의 목소리는 점점 울음을 삼키는 떨림 가득한 것으로 변했다. 금원은 말을 토해 내고는 태웅에게서 등을 돌렸다. 태웅은 호숫가에서 멀어지는 금원의 등을 보다 아랫입술을 꽉 깨물고, 그 뒤를 따라갔다.

"세상 많이 좋아진 줄 알라고 말하는 거 너도 화난다며! 너 지금 나한테 똑같은 말 하고 있잖아. 내가 온 미래가 너에겐 낙원일지 몰라도 내겐 지옥일 수도 있어. 나한텐 그게 그까짓 일이 아니라고!"

태웅은 버럭버럭 소리를 지르듯 말하며 금원을 따라 걸었다.

"넌 잘못한 거 없어. 창피할 것도 없다고! 그까짓 일 맞아. 소인배가 소인배의 치졸한 성품을 드러낸 것뿐이란 말이야. 창피해야 할 건 그 소인배야! 네가 아니라! 근데 왜 네가 학교에 안 가? 창피해서 학교에 못 가도 그 소인배 놈이 못 가야지!"

금원도 지지 않고 외쳤다. 금원의 발걸음이 점점 빨라지는 만큼 태웅의 발걸음도 빨라졌다.

"맞아! 최민석, 그 소인배 같은 녀석이 나빠!"

"내 말이! 그러니까 학교 가라고, 김태웅!"

빨라지던 걸음은 뜀박질이 되었다. 태웅은 뛰었다. 발아래 풀과 흙이 밟히는 감각과 얼굴을 향해 불어오는 바람이 선명하게 느껴졌다.

'이렇게 크게 소리 지른 게 얼마 만이지?'

속이 시원했다. 몸 안에 고여 있던 고민이 고함과 함께 몽땅 밖으로 쏟아져 나온 것만 같았다. 태웅은 더욱 힘차게 땅을 박찼다. 어느새 태웅과 금원은 서로 앞서거니 뒤서거니 하며 어울려 뛰었다. 둘은 버드나무가 줄지어 선 호숫가를 한참 동안 달리다 풀밭에 풀썩 쓰러지듯 드러누웠다. 붉은 노을이 물감처럼 퍼진 하늘에 뜬 둥근 달이 태웅의 눈에 비쳤다. 들뜬 숨이 가라앉았다.

"금원이 넌 하면 안 되는 일 중에 뭐가 제일 하고 싶어?"

"나는⋯⋯."

금원의 어깨가 크게 위로 올라갔다. 금원은 숨을 뱉어 내며 말했다.

"일단은 시 동인 만드는 거."

"시 동인?"

"모여서 시 짓고, 여기저기 구경도 다니는 거야. 문집도 내고."

"동아리 같은 거네. 우리 학교에도 있어, 시 동아리."

"원래는 양반들만 할 수 있는 거였는데, 중인들도 가능하게 된 지 얼마 안 돼. 하지만 여자들이 만든 시 동인은 없어. 내가 아버지한테 내가 시 동인을 만들면 어떨 것 같냐고 했더니 막 웃더라. 여자가 무슨 시를 짓냐고."

시 동아리도 아무나 할 수 없다니. 태웅은 새삼 자신이 있는 곳이 과거라는 것을 깨달았다. 학교에서 배워서 조선 시대 때 사회적 계급이 있다는 것은 알았지만, 이렇게 사소한 부분에서까지 차별이 있을 줄은 몰랐다.

문득 수업 시간에 선생님이 해 준 말이 떠올랐다.

"차별을 당연하게 생각하지 않는 사람들이 세상을 바꾸는 거래. 금원이 너처럼 여자가 시 동인 못하는 게 당연한 게 아니라고 생각하는 사람들이 많아지면 세상이 바뀌지 않을까? 여자도 할 수 있게 될 거야."

"그럴까?"

"그래! 안 되면 네가 만들어."

태웅의 말에 금원은 깔깔 소리 내어 웃었다.

"나, 거울에게 빌 소원 정했어."

금원이 웃음을 멈추고 진지하게 말했다.

"금강산 말고도 이곳저곳을 보고 싶어. 절대 이번 여행을 마지막으로 만들지 않을 거야. 그리고 그걸 기록으로 남길 거야. 먼 미래까지 남도록."

먼 미래까지. 태웅은 그 말을 곱씹었다.

'금원의 소원이 이루어진다면⋯⋯ 내가 돌아갈 세계에서 그 글을 볼 수 있을 거야.'

그렇다면 집으로 돌아가도, 같은 시공간에 있을 수 없어도 금원과 계속 여행하는 듯한 기분을 느낄 수 있지 않을까. 태웅은 품 안에 손을 넣어 꽃장식을 만지작거렸다. 전부터 건네주고 싶었지만, 장식을 건네는 순간이 작별 인사를 하는 때가 될 것 같아서 주고 싶지 않기도 했다. 하지만 금원의 그 말을 듣는 순간, 장식을 줘도 될 것만 같았다.

태웅이 장신구를 꺼내려는데, 호수 너머에서 왁자지껄한 말소리가 들려왔다. 태웅은 몸을 일으켜 소리가 난 쪽을 보았다. 횃불 대여섯 개가 어두워지기 시작한 숲길에 일렁거리고 있었다.

"분명한 것이냐? 참판 댁이라 해도 말뿐인 양반이라 이거지?"

"맞습니다. 원주에서 유명하더군요. 그 집 여식이 특이하다고 요. 얼녀인 주제에 글 선생을 불러서 공부를 한다나요."

"얼녀 주제에 감히 나에게 대들어? 잡아서 혼쭐을 내 줘야겠어. 같이 있던 도령은?"

"그 도령은 통 정보가 없네요. 혹시 모르니 그 도령에게는 손대 지 않는 게 좋겠습니다."

"좋아. 그럼 여자를 찾아서 당장 내 앞으로 끌고 와라!"

호수 너머의 횃불이 흩어졌다. 태웅과 금원은 자리에서 일어나 섰다.

"아까 이쪽으로 올 때 시비를 걸었던 그 사람이야. 이 씨 도령."

"어쩌지? 완전히 벼르고 왔네."

"저쪽 길을 통해서 마을로 돌아가자. 얼마 전에 문제를 일으켰 다고 하니, 사람들이 많은 곳에서는 저쪽도 몸을 사릴 거야."

마을까지는 아무리 빨리 뛰어도 사십여 분은 넘게 걸릴 터였 다. 그때까지 둘 다 잡히지 않을 수 있을까. 더군다나 금원은 뛰기 에 불편한 긴 치마를 입고 있다. 태웅은 다시 아랫입술을 질근질 근 깨물었다.

'뭔가 방법이 있을 거야. 방법이……'

번뜩. 태웅의 머릿속에 한 가지 방법이 떠올랐다.

"금원아, 너 안에 속바지 입었지?"

"응? 그야 입었지."

"그럼 치마 벗어서 나 줘. 내가 그거 입고 호수 쪽으로 뛰어갈게. 그럼 저 사람들이 날 쫓아올 거야. 치마를 입고 있는 나를 너라고 생각할 테니깐. 내가 시간을 벌 동안, 넌 마을 쪽으로 달아나."

"미쳤니? 널 두고 나 혼자 도망가라고?"

금원이 정색을 했다. 태웅은 금원과 마주 보고 금원의 어깨를 꽉 움켜잡았다.

"저 사람들이 나는 건드리지 않는다고 했어. 그러니깐 난 잡혀도 별일 없을 거야. 정 걱정되면, 네가 빨리 가서 사람들을 데리고 오면 되잖아."

"……너, 치마 입는 거 싫어하잖아."

태웅은 씩 웃어 보였다.

"이런 상황에서 그런 거에 연연하는 건 소인배잖아, 그렇지?"

빨리. 시간이 없어. 태웅의 재촉에 금원은 결국 치마를 벗어 태웅에게 건넸다. 태웅은 치마를 옷 위에 걸쳐 입었다.

"빨리 가."

태웅은 금원의 등을 떠밀고 자신도 달려 나갈 준비를 했다. 뒤돌아섰던 금원이 몸을 돌려 태웅의 손을 덥석 잡았다. 태웅도 뒤

돌아봤다.

"우리 약속하자."

금원은 태웅의 눈을 응시하며 한 음절 한 음절 힘주어 말했다.

"우리, 우리답게 살자. 남자답게, 여자답게, 그런 말에 묶이지 말고, 뭘 못한다는 생각도 하지 말고. 또 누가 그런 말로 너를 괴롭히면 나를 기억해. 알았지?"

"뭐야, 다시 못 만날 것처럼."

태웅은 금원의 손을 마주 잡고, 품 안에서 꽃장식을 꺼내 금원의 손에 쥐여 주었다.

"선물. 이거 내가 만든 거야."

일렁이는 횃불이 좀 더 가까워졌다. 더 이상 시간을 지체할 순 없었다. 태웅은 뛰었다. 치맛자락을 펄럭이며 호수를 향해 이를 악물고 뛰었다.

"저기, 여자가 있다!"

"호수 쪽이야. 잡아!"

횃불이 몰려왔다. 곧 태웅의 뒤로 서너 명의 사람들이 따라붙었다. 태웅은 그들을 피해 점점 더 호수 가까이로 향했다. 기다란 버드나무 이파리가 태웅의 뺨을 간지럽혔다.

'내가 쉽게 잡히나 봐라.'

숨이 턱에 차올랐다. 어느새 사람들이 태웅을 둘러쌌고, 태웅은 호수를 등지고 섰다. 횃불이 태웅의 턱 바로 앞에 들이밀어 졌다.

"뭐야, 도령이잖아? 속았다! 여자는 어디에……!"

"이거나 받아라!"

태웅은 사람들을 향해 걸치고 있던 치마를 벗어 던졌다. 폭넓은 치마가 그물처럼 사람들의 머리 위로 떨어졌다. 갑작스럽게 시야가 가려진 사람들은 잠시간 우왕좌왕하며 손을 휘저었다. 도망갈 틈을 찾던 태웅은 순간 하늘에 뜬 달이 호수의 수면에 비친 것을 보았다. 수면에 새겨진 달그림자에 시선을 빼앗겨 몸을 돌리자, 태웅이 목에 걸고 있던 거울에서 은은한 빛이 뿜어져 나왔다. 거울의 빛이 수면 위 달그림자와 겹쳐졌다.

'꼭…… 둥그런 문 같아.'

태웅은 빛나는 달그림자에 사로잡혀, 도망가는 것도 잊어버리고 한 발 더 호수 가까이로 다가갔다.

그때였다. 허우적거리던 사람 중 한 명이 고함을 지르며 태웅을 밀었다.

태웅은 호수 안으로 가라앉았다. 달그림자가 흩어지면서 그림자를 감싸고 있던 거울의 빛이 태웅의 주변으로 몰려들었다. 태웅은 두 눈을 꽉 감았다. 하지만 곧 다시 눈을 떴다. 물속인데도 신기하게 숨이 쉬어졌다. 태웅의 새끼손가락 끝에서 뻗어 나온 긴 실이 고치처럼 태웅을 휘감고 있었다. 금원의 마을에서 만났던, 물레를 돌리던 할머니가 묶어 준 실이었다. 할머니의 '이 실이 네가 찾아야 할 사람한테 데려다줄 거다'라던 말이 떠올랐다.

'역시 보통 할머니들이 아니었어.'

태웅은 팔다리를 움직여 호수 아래로 헤엄쳐 들어갔다. 태웅을 휘감은 실이 방향을 알려 주듯이 반짝반짝 빛나며 아래로, 더 아래로 태웅을 이끌었다. 한참을 내려가자 성황림에 있던 나무를 꼭 닮은 커다란 산호초가 있었다. 호수 위에 뿌려진 달빛이 산호초에 그대로 이어진 듯 산호초의 가지 끝에 닿아 있었다. 그 빛이 수면에 흩뿌려지며 호수 안에 또 다른 둥근 달을 만들어 냈다.

'소년은 빛나는 달의 문을 열었다고 했어.'

책 속의 문장이 그제야 이해되었다.

'그랬구나. 밤에 달그림자와 거울의 빛이 하나가 되어야 하는 거였어.'

호수의 물결이 파도라도 치듯 일렁이며 빛을 실어 날랐다. 호수 전체가 거대한 거울이 된 듯 호수 밖 밤하늘이 수면을 뒤덮었고, 빛무리는 호수 전체로 퍼져 나갔다. 태웅은 눈을 질끈 감았다.

빛이 터졌다.

내가 미래의 너를 찾아냈어

눈을 뜨자마자 보인 것은 엄마의 얼굴이었다.

"태웅아, 여기서 자면 어떻게 해. 많이 졸렸니? 일어나. 인터뷰 다 끝났어."

인터뷰라고? 태웅은 주변을 둘러보았다. 태웅은 커다란 나무 몸통에 등을 기대고 앉아 있었다. 맞은편 나무에 매달린 흰 종이 쪽지가 바람에 흔들리고 있었다. 조선 시대로 타임 슬립 하기 전에 있었던 바로 그 장소였다. 타임 슬립을 하기 전에 비해 그다지 어두워지지도 않았다. 태웅은 엄마에게 몇 시인지 물었다. 서낭당에 온 지 한 시간이 지났다는 대답이 돌아왔다.

'조선에서 열흘도 넘게 지냈는데, 이곳에서는 고작 한 시간이 지났다니…….'

그뿐만이 아니었다. 입은 옷도 성황림에 왔던 그대로였다. 호수에 빠졌을 때는 분명 한복을 입고 있었는데 말이다. 혹시 꿈을 꾼 걸까. 태웅은 엄마를 따라 산을 내려오는 내내 얼떨떨했다.

태웅이 엄마의 차에 올라타자, 차는 금세 서낭당에서 멀어졌다. 울퉁불퉁한 산길은 곧 끝났고, 매끈한 아스팔트 도로가 나타났다. 태웅은 창밖을 바라보았다. 옆을 달리는 자동차와 도로 옆에 줄지어 선 가로등, 휴게소가 어디 있는지를 알리는 간판. 눈에 익은 풍경이 이어질수록 조선에 갔던 것이 정말로 꿈인 것만 같았다.

"성황림 관리하시는 분도 힘들겠어. 요즘 이상한 소문이 돌아서 사람들이 무단으로 마구 들어온다고 하네. 타임 슬립이 가능하다나. 개인 방송하는 사람들이 자기가 타임 슬립 하는 걸 보여 주겠다고 허가도 안 받고 자꾸 들어오나 봐."

운전석에 앉은 엄마의 말에 태웅은 창에서 시선을 돌렸다.

"타임 슬립이요?"

"응. 여서낭에 깃든 힘을 이용하면 거울을 통해 타임 슬립 할 수 있다나. 약간 주술처럼 소문이 나서, 몰래 들어와서 여서낭 가지를 자꾸 꺾어 간다는 거야."

맞다, 거울! 태웅은 자신의 목을 더듬어 보았다. 없었다. 분명 목에 걸고 있었던 거울이 없었다. 주머니까지 샅샅이 뒤져 보았지만, 거울은 어디에서도 나오지 않았다. 주머니 안에는 지도와 뜨개 인형이 들어 있을 뿐이었다.

'진짜 꿈이었던 걸까?'

태웅은 뜨개 인형을 꽉 움켜쥐었다.

＊

일요일 아침, 태웅은 모자를 푹 눌러쓰고 집을 나섰다. 목적지는 할머니가 있는 가게, 금강달이다. 눈을 감고도 갈 수 있을 만큼 익숙한 길이다. 하지만 오랜만에 나선 거리는 한없이 어색했다. 혹시라도 최민석과 마주치면 어쩌나 싶어 가슴이 두근거렸다. 그래도 태웅은 용기를 내서 걸음을 옮겼다.

가게에 도착한 태웅은 살짝 열린 문 안을 빠끔히 들여다보았다. 가게 안에는 할머니 혼자 앉아 뜨개질을 하고 있었다. 태웅과 눈이 마주치자, 할머니는 들어오라는 듯 손짓을 해 보였다. 태웅은 할머니 옆에 앉아 한참이나 뜨개질하는 것을 지켜보았다. 한 단 한 단, 길게 이어져 가는 실을 보고 있자니 긴장이 풀려 갔다.

"할머니, 이 인형이요, 혹시 신기한 힘이 있어요?"

태웅은 주머니 안에서 뜨개 인형을 꺼내 보이며 물었다. 인형을 만든 할머니라면 무언가 알고 있지 않을까. 타임 슬립 한 것이, 금원을 만난 것이 꿈인지 아닌지를 확인하기 위해 태웅은 무엇이든 해야 했다.

"글쎄다. 신기한 힘이 있을 수도 있지."

할머니의 시선이 벽에 걸린 액자로 향했다. 벽 한쪽을 거의 다

174

차지하고 있는 액자 안에 있는 것은 금강산을 그린 그림이었다. 화선지에 먹으로만 그린 것이지만 선이 무척 섬세하고 아름다웠다. 태웅은 할머니의 시선을 따라 그림을 봤다.

'금원은 무사히 금강산에 갔을까?'

어릴 적부터 봐 온 그림이 새삼 친근하게 보였다.

"저 그림 말이다. 저건 아주 오래전부터 전해져 내려오는 거야. 우리 조상 중에 바느질을 아주 잘 하는 사람이 있었대. 솜씨가 아주 뛰어나서 '선수'라고 불렸지. 어떤 분야의 일을 굉장히 잘 하는 사람을 그렇게 부른단다.

선수는 어느 날 금강산 근처에서 할머니 세 분을 만났어. 낡은 옷을 입고 지친 듯 앉아 있던 세 할머니가 말했지. 산 위에 올라가야 하는데 도저히 걸을 수가 없구나, 라고. 선수는 할머니를 한 분씩 업고 산 중턱까지 올라갔어. 한 명, 두 명, 그리고 마지막 세 명째까지. 사람을 업고 산길을 오르는 게 쉬운 일이 아니다 보니 어느새 뉘엿뉘엿 해가 지기 시작했지. 이대로 가다가 산에서 밤을 보내야 하는 건 아닐까 걱정이 되었지만, 할머니들을 놔두고 갈 순 없었어. 선수는 세 번째 할머니를 산 중턱에 내려 주고 잠시 쉬려고 바위에 앉았지. 그랬더니 세 할머니가 갑자기 세 마리의 이무기가 되어 하늘로 솟구쳐 오르는 게 아니겠니? 선수는 겁이 나서 땅에 납작 엎드렸지. 이무기 세 마리는 말했어."

할머니는 목을 가다듬고는 굵은 목소리를 냈다.

"이 땅의 백성아, 네 마음이 선하니 축복을 내리마. 이 산이 있는 한, 네가 마음을 담아 만든 것은 반드시 너를 도울 것이다."

태웅은 자신의 새끼손가락 끝을 어루만졌다.

'세 명의 할머니. 내가 금원의 마을에서 만났던 그 할머니들이 분명해. 이무기였구나. 그래서 나를 도와주었던 거야.'

할머니는 다시 원래 목소리로 돌아와 이야기를 이어 나갔다.

"그때부터 우리 집안 사람들이 손재주가 좋아진 거라고 하더구나. 어릴 적에 이 이야기를 들었을 때는 그게 뭐야, 라고 생각했어. 어릴 적엔 뜨개질하는 게 정말 싫었거든. 할머니의 엄마, 그러니까 태웅이 네 증조할머니 말이다. 증조할머니가 내게 뜨개질을 하게 하려고 꾸며낸 이야기라고 생각했어. 그런데 말이다. 증조할머니가 세상을 떠나기 직전에 내가 꿈을 꿨거든."

뜨개질을 하던 할머니의 손이 잠시 멈췄다.

"그때 나는 말이야, 증조할머니와 크게 싸웠어. 나는 노동자의 처우 개선을 요구하다가 다니던 회사를 강제로 그만둔 터였지. 억울하고, 사람들이 다 나를 공격하는 것 같아서 밖에 나가기가 싫어지더구나. 방에 틀어박혔지. 거의 한 달을 집 밖으로 한 발자국도 안 나갔어. 증조할머니는 그런 나를 가만두지 않았어. 내 방문을 두드리고, 창문을 뜯어서 끌어내려고도 하고……. 어휴, 전쟁이었지. 나도 슬슬 나가야 한다고 생각은 하고 있었거든. 그런데 그렇게 억지로 나오라고 하니까 더 못 나가겠더라."

태웅은 믿기지 않았다. 할머니에게 자신과 비슷한 경험이 있었을 줄이야. 태웅이 보기에 할머니는 모든 것을 아는 어른이었으니까. 그런 할머니가 태웅처럼 방에 틀어박혀서 고민하고, 하물며 자기 엄마와 싸움까지 벌였다니!

"그러다 증조할머니가 쓰러진 거야. 난 방에서 버티고 있느라 그것도 몰랐지. 증조할머니가 병원에 실려 가고 반나절이 지난 뒤에야 알았어. 그때는 이미 증조할머니가 의식을 잃은 후였지. 나 자신이 어찌나 원망스럽던지……. 쓰러진 이유가 나 때문은 아닐까, 하는 미안함에 병실에 찾아가지도 못했어. 그렇게 자책하다가 잠이 들었지.

그런데 꿈속에서 뜨개 인형이 쫑쫑쫑 걸어오지 않겠니. 내가 태웅이 널 위해 뜨개 인형을 만들었듯이, 증조할머니도 나를 위해 인형을 만들었거든. 내가 아주 어릴 때부터 가지고 있던 그 인형을 어떻게 못 알아보겠어. 그 인형이 내 새끼손가락에 실을 묶고는 잡아당기는 거야. 당기는 대로 따라갔지. 그랬더니 거기에, 엄마가 멀쩡하게 앉아서 웃고 있는 거야. 어쩐지 이게 마지막이라는 생각이 들어 엄마와 인사를 나누었지.

꿈에서 깨어나니, 어떻게든 엄마와 진짜 마지막 인사를 해야겠다는 생각이 들었단다. 날이 밝자마자 병원으로 달려갔지. 그렇게 다행히 증조할머니에게 마지막 인사를 건넬 수 있었어. 참 신기한 게, 증조할머니가 어디서 났는지 알 수 없는 털실 한 가닥을 꼭 붙잡고 계셨단다."

할머니는 그날부터 그토록 싫어하던 뜨개질을 배웠다고 했다. 증조할머니가 세상을 떠나기 전날에 꾼 꿈 이야기를 몇몇 사람에게 했지만, 다들 꿈은 꿈일 뿐이라고 흘려들었다. 하지만 할머니는 그렇게 생각하지 않았다.

"꿈인가 아닌가는 내게 중요하지 않았어. 내 마음 깊숙한 곳의 소원을 알게 해 주었다는 것이 중요하지. 나는 뜨개 인형이 내게 가야 할 길을 알려 주었다고 믿어. 그래서 태웅이 네게도 인형을 선물해 준 거란다. 네가 네 마음이 어떻게 하고 싶은지 알 수 없을 때, 그 인형을 보면서 길을 찾을 수 있게. 그것이 뜨개 인형의 신비한 힘 아니겠니."

태웅은 손 위에 놓인 뜨개 인형을 바라보았다.

'내 마음 깊숙한 곳의 소원……'

성황림을 갈 때만 해도 몰랐던 자신의 소원을, 태웅은 이제 알 것 같았다.

∗

월요일 아침, 태웅은 교복을 입었다. 일주일 만에 교복을 입으니 절로 긴장이 되었다.

'괜찮아. 내가 잘못한 게 없는걸.'

성황림에서 돌아온 후, 태웅은 남은 주말 내내 고민했다. 학교에 갈 것인가, 말 것인가. 엄마와의 약속 때문에 떠밀리듯이 가고 싶지는 않았다. 그랬다가는 다시 도망칠 것만 같았다. 태웅이 결국 학교에 가기로 결심한 건, 금원의 말이 떠올라서였다.

네 잘못이 아니야, 라는 말.

꿈이었을지도 모른다. 금원은 존재하지 않는 아이고, 타임 슬립 같은 건 한 적 없을지도 모른다. 하지만 태웅은 마주 잡았던 손의 온기와 금원과 함께했던 모험, 금원이 건넸던 말들 모두를 없던 일로 여기고 싶지 않았다.

'할머니 말대로라면 금원을 만나는 게 내 소원이었던 거야. 금원처럼, 내게 용기를 주는 사람을.'

태웅은 굳게 마음을 먹고 뜨개바늘과 실, 그리고 채 완성하지 못한 무선 이어폰 케이스를 가방에 넣고 현관문을 나섰다. 아파트 엘리베이터를 타고 1층으로 내려가는 내내 금원의 말을 주문처럼 되뇌었다.

'남자답게 같은 말에 묶이지 말자. 난 이미 강해. 강하고말고.'

엘리베이터가 1층에 도착했다. 엘리베이터에서 내리려던 태웅은 엘리베이터 밖에 서 있는 사람을 보고 깜짝 놀랐다. 이하은이었다. 태웅이 엘리베이터에서 내리자, 하은이 옆에 와 섰다. 두 사람은 나란히 학교로 향했다.

"고맙다는 말도 제대로 못 했는데, 태웅이 네가 계속 학교에 안

오잖아. 마음에 걸려서 더 이상 가만히 있을 수가 없었어. 그래서 온 거야."

"고맙다고?"

태웅은 어리둥절했다. 하은이 자신을 한심하게 여기고 있을 줄 알았는데, 고맙다니. 하은은 웃으며 태웅을 바라보았다.

"나 혼자 최민석한테 맞서느라 외로웠거든. 그런데 네가 최민석과 정면으로 맞서 싸웠잖아!"

"하지만 나, 졌는데……."

"진 거 아냐. 넌 대단한 일을 한 거야."

하은의 목소리는 단호했다.

"나만 그렇게 생각하는 거 아닐 거야. 반 애들 전부 마음속으로는 너를 응원할걸. 남자애들이 그러더라. 김태웅, 싸움도 잘 못하는데 어디서 그런 용기가 나온 거냐고. 멋있다고. 자기들도 최민석이 그러는 거 싫은데, 무서워서 나설 수가 없었대."

태웅은 머뭇거리다가 하은에게 속마음을 털어놓았다.

"나는, 애들이 나를 비웃을 줄 알았어. 치마를 억지로 입게 된 것도 부끄러웠고."

"네가 부끄러워할 필요 없어. 부끄러워해야 할 건 최민석이지."

하은의 단호한 대답은 태웅의 발걸음에 남아 있던 망설임을 없애 주었다.

태웅은 하은과 함께 학교 앞에 도착했다. 그럼에도 학교 교문을 넘을 때는 긴장이 되었다. 반 애들이 자신을 비웃고 있지 않다는 걸 알아도, 하은이 옆에 있어도 어쩔 수 없었다.

'괜찮아. 난 잘못한 게 없어.'

태웅은 크게 숨을 내쉬고 운동장을 가로질러 교실로 갔다. 교실이 가까워질수록 더욱 긴장되었다. 금방이라도 최민석이 등 뒤에서 나타나 "남자답지 못해!"라며 뒤통수를 내리칠 것만 같았다.

'뭘 못한다는 생각을 하면 안 돼!'

태웅은 이를 꽉 악물고 교실 문을 열었다. 교실 안 아이들의 시선이 일순간 태웅에게로 쏠렸다. 태웅은 옆에 선 하은과 시선을 한 번 맞추고, 교실 안으로 한 발을 내디뎠다. 교실 뒤에 서 있던 최민석이 히죽 웃으며 태웅을 향해 다가왔다. 태웅은 멈추지 않고 자기 자리를 향해 걸어갔다. 최민석이 태웅의 앞을 가로막았다.

"겁쟁아, 학교엔 왜 왔냐? 계속 집에 틀어박혀 있지."

최민석이 태웅을 내려다보며 이죽거리자, 뒤따라오던 하은이 태웅의 옆에 멈춰 섰다.

"신경 쓰지 마."

하은과 최민석 사이에 불꽃이 튀었다.

"김태웅, 이젠 여자한테 보호받냐? 그러고도 네가 남자야?"

'또 누가 그런 말로 너를 괴롭히면 나를 기억해. 알았지?'

금원의 말이 태웅의 머릿속에 떠올랐다. 태웅은 셔츠 자락을 꽉 움켜쥐었다.

"남자든 여자든 무슨 상관이야? 친구는 서로 돕고 지켜 주는 거야. 넌 그것도 모르냐?"

태웅은 최민석의 눈을 똑바로 마주 보며 말했다. 몸싸움을 했을 때 말고, 최민석의 시선을 피하지 않은 건 이때가 처음이었다. 최민석은 '요것 봐라?'라고 말하는 듯 미간을 찌푸렸다.

"맞는 말이야. 최민석 넌 우리 반 애들 누구든 지켜주기는커녕 괴롭히기만 하잖아. 친구가 한 명도 없는 셈이네. 우리 친구도 없는 애 상대하지 말고 자리에 가서 앉자, 태웅아."

하은의 말에 최민석의 얼굴이 시뻘겋게 달아올랐다.

"뭐? 야! 누구보고 친구가 없대? 이것들이 진짜 보자 보자 하니까!"

최민석이 하은을 향해 손을 치켜올렸을 때였다. 어디선가 날아온 축구공이 최민석의 등에 맞았다. 최민석이 짜증을 내며 뒤돌아봤다.

"뭐야?"

"미안. 잘못 던졌어."

부반장이었다. 최민석은 쯧, 혀를 차고는 축구공을 다시 부반장에게 던졌다. 최민석이 다시 몸을 돌릴 새도 없이, 이번에는 빵이 날아들었다. 빵은 최민석의 머리를 맞히고는 교실 바닥에 떨어졌다. 그 틈을 타서 태웅과 하은은 자리로 가 앉았다.

"잘못 던졌어. 최민석, 그거 정혁이한테 좀 던져 줘."

"이것들이 진짜······. 너희 지금 일부러 이러는 거지?"

최민석은 빵을 발로 밟아 으스러뜨렸다. 부반장도, 빵을 던진 아이도 겁이 난 듯 어깨가 움츠러들었다. 그때 교실 앞문이 열리고 선생님이 들어왔다.

"자, 다들 수업 시작하자. 최민석, 거기 서서 뭐 해? 빵은 왜 밟고 있고. 너 그거 치우고 들어가 앉아."

최민석은 아랫입술을 부루퉁하게 내밀고 옆구리가 터진 빵 봉지를 집어 휴지통에 버리곤 씩씩거리며 자리에 앉았다. 태웅은 수업 시간 내내 등 뒤에서 쏟아지는 따가운 최민석의 시선을 버텨야 했다.

쉬는 시간, 태웅은 굳게 마음을 먹고 가방을 열었다. 가방 안에는 뜨개바늘과 실, 만들다 만 무선 이어폰 케이스가 들어 있었다. 실을 집어 드는 손이 긴장으로 떨렸다. 그래도 짐짓 아무렇지 않은 척, 책상 위에 실을 놓고 뜨개질을 시작했다.

"야! 저거 봐라! 김태웅 뜨개질한다! 남자가 뜨개질하는 거 본 적 있어? 완전 웃겨!"

최민석의 비아냥거림이 날아 들어왔다. 태웅은 들리지 않는 척, 계속 손을 움직였다. 최민석에게 보여 주고 싶었다. 나는 더 이상 뜨개질하는 게 부끄럽지 않다고. 뜨개질을 하는 건 한심한 일이 아니라고. 이건 나의 약점이 아니라고 말하는 대신 행동으로 보여 주고 싶었다. 하지만 긴장이 되는 건 어쩔 수 없었다. 손에 쥔

바늘이 부들부들 떨렸다.

"태웅이 너, 뜨개질할 줄 알아?"

하은이 태웅의 자리로 다가왔다. 그 말이 신호라도 된 듯, 서너 명의 여자아이들이 태웅의 자리로 몰려왔다.

"대단하다. 나도 요즘 뜨개질 배우고 있는데 이렇게 잘 못 떠."

"나도. 인형 만들고 싶어서 해 봤는데 어렵더라."

하은이 태웅의 손에 들린 케이스의 귀 부분을 톡 건드렸다.

"이거 내가 좋아하는 캐릭터야. 좀 봐도 돼?"

"당연하지."

태웅은 하은에게 뜨고 있던 케이스를 내밀었다. 하은은 케이스를 손에 들고 이리저리 살피며 감탄했다.

"진짜 귀엽다. 그런데 이 고양이, 울고 있는 것 같아."

"아, 그거 잘못 떠서 그래. 다시 뜨려고 실 푼 거야."

태웅의 자리 쪽을 기웃거리던 남자애들 서너 명도 우르르 몰려왔다. 아이들은 보호막이라도 치듯이 태웅을 빙 둘러싸고 섰다.

"그걸 그렇게 빨리 고칠 수 있어?"

"올림픽 때 영국 다이빙 선수가 대기 시간에 계속 뜨개질하는 영상, 엄청 화제였잖아. 그거 보니까 남자가 뜨개질하는 것도 좀 멋있어 보이더라."

아이들은 저마다 태웅에게 말을 건넸다. 태웅이 고양이의 입가를 고쳐 뜨는 동안, 최민석은 계속해서 비아냥거리다가 아이들

틈을 비집고 들어오려 하기도 했다. 하지만 아이들은 서로 딱 붙어 서서 좀처럼 최민석에게 자리를 내어 주지 않았다.

"짠. 완성."

고쳐 뜬 고양이 케이스는 더 이상 울상을 짓고 있지 않았다. 태웅은 최민석이 잔뜩 찌푸린 표정으로 교실 밖으로 나가는 것을 보았다. 이제 최민석이 무섭지 않았다.

'들리니, 금원아? 네가 나한테 학교에 가라고 그렇게 소리를 질렀잖아. 난 학교에 왔어. 너는 네 소원을 이루었니?'

문득 태웅의 머릿속에 한 가지 생각이 스쳐 지나갔다.

'금원의 소원! 자신의 여행을 기록으로 남기고 싶다고 했잖아.'

혹시 금원이 남긴 책이 진짜로 있다면? 그렇다면 금원을 만난 것이 꿈이 아니라는 이야기가 될 터였다. 태웅은 자리에서 벌떡 일어나 다급히 도서관으로 달려갔다. 검색 데스크에 '김금원'이란 이름을 써 넣고 검색 버튼을 눌렀다. 아무것도 검색되지 않으면 어쩌지, 하는 생각에 꼴깍, 마른침이 넘어갔다.

"김금원…… 이 사람은 아니고, 이 사람도 아니고…… 있다!"

조선 시대 여성에게 금기시된 여행을 남장을 하고 단행하였다, 라는 짧은 설명이 알려 주었다. 이 '김금원'이, 태웅이 찾던 금원이라는 것을.

'꿈이 아니었어!'

태웅은 자신이 있는 곳이 도서관이라는 걸 잊고 환호성을 지를 뻔했다. 간신히 흥분을 가라앉힌 후, 태웅은 '김금원' 페이지를 클릭해 읽었다.

"원주 사람으로 1817년에 태어났으며, 1850년에『호동서락기』를 지었다. 이는 김금원이 14세 때 남자 옷을 입고 여행길에 올라 금강산 유람을 한 기록과 그 심경을 시로 읊은 기행문이다……. 후에 김금원은 자신을 포함한 다섯 명의 여인이 모인 '삼호정 사단'이라는 여성들만으로 이루어진 시 동인을 만들었는데, 이는 조선 최초의 여성 시단이다."

태웅은 검색 데스크를 떠나 사서 선생님에게로 향했다.

"선생님, 혹시『호동서락기』라는 책 있어요?"

"『호동서락기』? 잠시만. 아, 있네. 찾아와 줄까?"

"아뇨, 어디 있는지 알려 주시면 제가 찾을게요."

태웅은 책이 꽂힌 서가로 갔다. 책이 빼곡히 꽂힌 책장에서 책 한 권을 찾아내어, 한 장을 넘겼다. 그곳에는 열네 살 소녀가 남장을 하고 길을 떠나는 장면이 그려져 있었다.

"내가 미래의 너를 찾아냈어, 금원아."

태웅은 책을 소중하게 끌어안았다.

작가의 말

　여러분은 자신에게 일어났던 일을 어떻게 기록하나요? 누군가는 SNS에 사진을 남기고, 누군가는 일기를 쓰기도 하겠지요. 이처럼 우리는 기록이 쉬운 시대에 살고 있습니다. 하지만 과거에는 개인이 기록을 남긴다는 건 쉬운 일이 아니었습니다. 글을 아예 배우지 않은 사람들도 많았고, 종이도 비쌌거든요.

　여행도 그렇습니다. 정복이나 탐사, 탐험이 아닌 관광과 휴양을 목적으로 한 여행의 개념은 산업혁명 이후인 19세기 초에 정착되었다고 보는 것이 일반적이라고 합니다. 그래서 보통 사람들에게 여행이란, 떠나려면 아주 큰 마음을 먹어야 하는 일이었습니다. 요즘처럼 교통이 발전한 때도 아니었으니까요.

　그런 과거에, 김금원은 열네 살 나이에 홀로 금강산 유람을 떠납니다. 그리고 자신의 여행기를 남겼지요. 김금원은 실존했던 인물입니다만, 이 소설 속 '금원'은 실제 김금원을 모티브로 재창작된 또 다른 김금원입니다.

역사 속 인물을 모델로 소설을 쓸 때는 조심스러워지는 면이 있습니다. 기록과 소설의 차이를 분명히 해 놓지 않으면, 독자에게 잘못된 정보를 알려 줄 수도 있기 때문입니다. 그래서 이 자리를 빌려 김금원에 대한 몇 가지 사실을 적어 볼까 합니다.

첫 번째, 김금원의 '금원'은 사실 이름이 아닌 호입니다. 이는 『호동서락기』에 남은 글을 통해 알 수 있습니다. 스스로 호를 '금원'이라 칭했다는 구절이 있거든요.

왜 이름이 아닌 호가 남은 걸까요? 조선 시대 양반 여성은 이름보다는 '누구의 딸' '누구의 부인' '누구의 모친'으로 불리는 경우가 많았기 때문입니다. 여성이 자신의 이름을 타인에게 밝히는 것은 부끄러움을 모르는 일로 여겨졌습니다. 이러한 분위기에서 여성이 자신의 호를 밝히는 것은 무척 용기 있는 일이었지요. 이에 더해 김금원은 호를 스스로 지음으로써 자신의 인생을 주체적으로 살겠다는 다짐 역시 했던 것이 아닐까 추측해 봅니다.

두 번째, 김금원과 김삿갓이 실제로 만났다는 기록은 없습니다. 김삿갓의 본명은 김병연으로, 전국을 돌며 풍자시를 짓던 사람입니다. 특히 권력자와 부자를 풍자하는 내용이 많아 대중 사이에서 인기가 높았지요. 김삿갓이 방랑 생활을 시작한 것은 20세 언저리인 1827년부터로, 금강산도 자주 왔다는 기록이 있습니다.

김금원이 14세의 나이로 여행을 떠난 것이 1830년이니, 이미 방랑 생활에 익숙해진 김삿갓이 김금원과 만나면 재미있겠단 생각에 두 사람을 만나게 해 보았답니다.

마지막으로, 김금원이 처음 여행을 떠난 1830년은 순조 임금의 통치 시기이자, 효명세자의 대리청정 기간이기도 했습니다. 효명세자는 세도정치를 견제하고 서구와 청나라에서 근대 문물을 배워 조선의 근대화를 이루고자 노력한 인물로 평가받고 있습니다. 비록 대리청정을 맡고 3년 만에 갑작스럽게 세상을 떠나 뜻을 이루지는 못했지만 말입니다. 〈구르미 그린 달빛〉이란 드라마에서 배우 박보검이 연기한 왕세자 이영이 이 효명세자를 모티브로 하고 있지요.

김금원도 효명세자도, 자신이 처한 상황에 안주하지 않고 도전했다는 공통점을 가지고 있어 태웅이 효명세자를 언급하도록 해 보았습니다.

이 소설은 금원과 태웅의 이야기입니다. 태웅을 괴롭히는 최민석은 '맨박스'에 사로잡혀, 자신이 정한 '남자다운 기준'에 미치지 못하는 상대를 한심하게 여기고 괴롭힙니다.

맨박스를 알고 있나요? 맨박스는 '사회적으로 강요된 남성성'을 뜻합니다. 언젠가 육십 대 즈음 되어 보이는 남자 어르신 두 분이 카페에서 음료를 주문하는 걸 본 적이 있습니다. 한 분이 초코 프라페를 주문하니까, 다른 한 분이 "남자가 뭐 그리 달달한 걸 마셔?"라고 면박을 주더군요.

지금은 덜하지만, 예전에는 '남자는 단 걸 좋아하지 않는다'라는 맨박스가 만연했던 적이 있습니다. 달콤하고 아기자기한 디저트는 여자들이나 좋아하는 거다, 라는 말을 공공연하게 하는 사람도 있었죠.

이런 맨박스에 갇히면 개인의 취향을 남자와 여자라는 이분법적 틀 안에 밀어 넣게 됩니다. 단 걸 좋아하는 남자도, 단 걸 좋아하지 않는 여자도 그 박스 안에 들어앉은 사람에게는 이상한 존재가 되어 버리는 거지요. 하지만 정말 이상한 건 누군가요? 곰곰이 생각해 볼 일입니다.

이제 태웅은 더 이상 뜨개질을 하는 자신을 부끄러워하지 않습니다. 금원과의 만남이 그럴 용기를 주었지요. 이 책 또한, 누군가의 용기가 되었으면 합니다.

소설을 준비하면서 김금원과 조선 시대에 대한 책과 자료를 참 많이 봤습니다. 직접적으로 인용하지는 않았기에 모두 언급할 수는 없지만, 그러한 선행 연구가 있었기에 역사의 틈새에서 상상력을 끄집어내는 작업이 가능했습니다. 함께해 주신 자음과모음 편집부 분들에게, 그리고 태웅과 금원의 이야기를 읽어 주신 독자 분들에게 진심으로 감사의 마음을 전합니다.

봄을 기다리며,

범유진

내일의 소년 어제의 소녀
ⓒ 범유진, 2023

초판 1쇄 발행일 | 2023년 5월 11일
초판 2쇄 발행일 | 2023년 11월 27일

지은이 | 범유진
펴낸이 | 정은영
편   집 | 전유진 최찬미 이태은
마케팅 | 이언영 연병선 한정우 최문실 윤선애
제   작 | 홍동근

펴낸곳 | (주)자음과모음
출판등록 | 2001년 11월 28일 제2001-000259호
주   소 | 10881 경기도 파주시 회동길 325-20
전   화 | 편집부 (02)324-2347, 경영지원부 (02)325-6047
팩   스 | 편집부 (02)324-2348, 경영지원부 (02)2648-1311
이메일 | jamoteen@jamobook.com
블로그 | blog.naver.com/jamogenius

ISBN 978-89-544-4887-1 (43810)